十二首歌

Middle

The last hidden song you missed

新版序／

偶爾，會收到這樣的訊息：

「我終於看明白《十二首歌》了。」

每次我都會覺得，
自己真的好幸福，也好幸運。

《十二首歌》這本書，出生於2015年夏天。
她是我最喜歡的其中一本書，
但銷量也是比較普通的一本。
也許是因為，這本書是一個長篇故事，
而那時候我比較多寫的是散文與短篇故事，
讀者一時之間未必能夠適應。
但我覺得另一個更重要的原因是，
我將出書這件事情看得太簡單了，
以為自己在交稿給編輯後，
就可以安坐家中等書本在書店上架……

但其實一本書可以送到讀者的手上，
每一個崗位、每一個步驟所付出的努力與堅持，
都是無比重要、缺一不可；
寫作是一門學問，出版是另一門學問，
是需要不停的思考、磨練與實踐，
但遺憾那時候我真的不懂。

因為銷情普通，後來書本沒有加印太多，
不少讀者都跟我說，在書店很難找到這一本書。
有些香港讀者，甚至要特意到台北的誠品尋找，
然後帶回香港來給我簽名……
我很感恩，自己可以遇到這些朋友，
尤其是一些讀者在很多年後，
忽然傳來訊息告訴我，
她在《十二首歌》初出版時就已經買了書，
但當時候並沒有真正看懂，
然後書本就被放在書櫃一角；
直到多年後執拾書櫃，偶然重新翻看這一本書，
才真正看明白裡面的故事，
並告訴我很喜歡這一本書……

我想，每一本書，
能夠遇到一個適合的讀者，
並得到讀者的由衷喜歡，
都是一種難能的福氣。
就好像人與人的相遇一樣。
有多少人我們只能擦身而過，
有多少人我們最後不再往還。
很感謝可以在這條路上，遇上你們，
並願意和我一起走下去。
在此也要鄭重地感謝出版社總編輯婷婷，
在這些年過去以後，仍然喜歡這一個故事，
仍然願意再冒險一次，重新再版《十二首歌》。

謝謝你們。

Middle
2021.2

舊版序／

常常，我們期許自己能夠成為故事中的主角，
付出許多努力，投入無數時間與心血；
然後，到了很久之後你才知道，
自己原來並沒有成為主角的資格，
甚至是從一開始，故事原來並不是因為自己而展開。

但有時候，我們的一句話、或一個行動，
卻又會無意中為別人的故事帶來影響或改變。
雖然我們未必會知道，或許還會以為，
自己一直所做的事情是徒勞無功、沒有意義，
然後在變得太心灰意冷之前就已經轉身離場，
沒看到故事的最後一幕，也不知道，
原來自己縱然不能成為主角，
但已經在對方生命中留下最明亮的一頁。

從最初寫故事開始，
一直最想描繪人與人之間的各種聯繫、互相牽引，

當中的情感與心跳、轉變與催化，
以及那些被我們錯過或忽視的各種可能。
有時你以為最重要的人與事，可能只是自己過分執迷；
有時你以為自己應該放開了，可能只是自己一直逃避。
誰知道最後自己與誰應該在一起？
你只能知道，此刻誰依然與自己在一起，
但往往，我們會為了一個未必得到的人與答案，
而忽視了自己本來擁有的幸福，為了去追一個微笑，
而忘記了自己其實也有追求快樂的權利與需要。

《十二首歌》就是一個這樣的故事。

感謝每一位對這本書的付出、期望、等候與支持。
感謝大家讓我可以任性地完成這本書、這一個理想。

希望你會喜歡這一本書。
期待你能夠看見，最後的那一首歌。

Middle

Contents

· Track 01 ·

最初

Y4xCVlyCvX4

那是一個悶人的黃昏。

風吹不動，話聊不起。

我和她站在便利店外，各自吃著快溶掉的紅豆冰棒。

冰棒快吃完，她就快會走……

我的心裡默默倒數著。

「喂。」

她忽然開口。

「嗯？」

我看見她嘴唇沾著冰棒的紅。

「你……喜歡我嗎？」

她沒有看我。

「……歡呀。」

我心裡訝異，咬著冰棒的口，卻模糊不清地吐出這個回答。

她依然沒有望我，我繼續咬著快斷掉的冰棒。

一道悶風吹過。

「我就當作沒有聽到吧。」

她走開，將冰棒棍丟進垃圾箱。

「拜拜。」

然後，她踢著涼鞋離開。

我就這麼莫名其妙的，失戀了……

●○○

其實說失戀，是一早就已經注定了的。

「我想增值一百元。」

第一次她來光顧我兼職的便利店時，她身邊就有一個比我要高的男朋友。

「多謝惠顧，餘額九十八元。」

我遞發票給她，她卻沒有接過，只是自顧自的將錢包收起。

本來當時我對她也是不太留意的，以為只是普通客人一個。

「你是李家明嗎？」

但她忽然這樣問，我呆了一下，忍不住抬眼看清楚這位客人。

棕黑色的頭髮，淺淺的酒渦，一雙小虎牙⋯⋯

我心裡忍不住嚇了一跳。

「小姐你認錯人了。」我立即反應。

「是嗎？」她也不在乎，轉過身跟著她的男朋友離開。

我茫茫的看著她離開的方向。

「你不是叫李家明嗎？」一旁的阿嬸同事笑著問我。

我苦笑一下。

其實我認得她，認得她叫曹巧兒。

這一生第一次暗戀的對象，我又怎會不認得……

●○○

「李家明，去表白啦，表白。」

記得小學六年級的時候，鄰座的損友陳開心經常這樣慫恿我。

「好端端的，表什麼白呀。」

我每次都給陳開心一記肘撞，想將話題帶過去。

「再不表白，升了中學後你就沒有機會呀。」

陳開心卻一直不死心，在我身邊碎唸。

「現在表白，難道我就有機會了嗎？」

我反駁，裝作不經意看向曹巧兒的座位，她身邊圍滿男生女生，有些還是隔鄰班的。

陳開心在旁邊看著我，討厭地裝冷笑。

其實對於這份暗戀，我自己就早已打定輸數。

她是班裡最受歡迎的人，成績又好，怎會理我這種男生。

所以，我從來沒有打算過表白，不想讓她知道，以免她對我的印象更差。

只是後來不知是誰傳開去，說我暗戀曹巧兒。

「一定不是我！」

陳開心向我誓神劈願，還舉起三隻手指，說他若有傳出去的話，就不得好死。

但除了他之外，班裡就再沒有人知道我喜歡曹巧兒；我相信他遲早會橫死街頭。

「算吧，這樣也好。」我淡然的，裝著淡然。「現在起碼我也可以死心。」

「死心？」陳開心揚眉。

我沒有答他，不想再說下去。

如我自己所料，曹巧兒那陣子都像在避開我。

之後她都在避開我。

最後畢業時，我也沒有找她簽紀念冊，從此便與她失去了聯繫。

●○○

「你是李家明吧？」

第二天，曹巧兒又來到便利店增值八達通。

這麼快就來增值……

「小姐，多謝惠顧，餘額一百零二元。」我看著收銀機說。

「喂。」

她鼓起腮，臉紅紅的向我嚷。

我屈服了。

「怎麼了，曹巧兒同學？」

「哈哈，你終於認了。」她露出了小虎牙。

「來找我有什麼事嗎？」雖然我不認為她是來找我。

「沒有呀……」她眼圈兒一轉，笑答：「只是剛巧來增值。」

果然。

「最近搬來這區嗎？」我又問。

「為什麼這樣問？」她反問。

「因為之前未見過你來光顧嘛。」

她吐吐舌，算是回應了我；忽然又問：

「為什麼你上次不認我？」

我啞了一會，最後只懂得回說：

「在忙嘛。」

我聽到阿嬸同事在偷笑。

而曹巧兒，就一副想打我的表情……

●○○

之後每隔兩三天，她就會來光顧，來增值八達通。

每次她都會喊我「李家明」，仍然為那次我不肯認她而揶揄我。

「為什麼你的八達通會這麼快就要增值？」

我忍不住問她。

「好快嗎？」她只是簡單的反問。

「兩天就增值一次，算快了。」

「我平常都用八達通來買東西嘛。」她笑道。

「是嗎⋯⋯」但她從來沒有來便利店買過東西。

「怎樣了，不歡迎我來增值嗎？」她忽然變得兇巴巴的。

「我沒說過。」我苦笑。

她又哼了一聲，接著說：「我要一包香煙。」

「煙？」我一時意會不過來。

「是呀，用來抽的那種香煙。」她一臉沒好氣地笑。

「⋯⋯哪一種？」

「薄荷煙。」

「⋯⋯薄荷煙也有分牌子的呀。」

她不作聲了。

我惟有從煙架取下最受顧客歡迎的薄荷萬寶路，她訕訕接過。

「要打火機嗎？」

她又搖頭，只是將錢包放在八達通的感應器上。

我只好默然地按下收費鍵。

「嘟」

這包薄荷煙，我直覺上相信，她應該是替別人買的……

或許就是幫她的男朋友買的。

●○○

都這麼多年了。

孩童時有多喜歡過誰也好，早就已經隨著成長而煙消雲散。

如果是中學同學，那就還有點可能……

只是小時候那種青澀的所謂愛慕，偶爾回頭看也叫自己感到難為情。

所以這些年來，我都差不多忘記、或是刻意忘記自己曾經喜歡過曹巧兒。

但隨著與她越來越多接觸，某些我以為遺忘了的感覺，又悄悄重新燃起。

「還記得陳開心嗎？」

有一次她這樣問。

「記得，他以前坐在我旁邊嘛。」我一邊收拾著糖果架，一邊回答。

「你們很久沒聯絡了？」

「是呀。」

「哦……」她低下頭，翻著我店裡的雜誌。

我繼續收拾貨架。

雖然背對著她，但彷彿有一種微妙的感覺，在我們之間蕩漾。

這陣子多了機會與曹巧兒閒聊，對她現在的生活開始有更多了解。

畢業之後，她就在一間機構做文員。每星期有兩晚會去進修，希望將來能夠做有關編劇的工作。對這方面，我可是完全陌生。

她的朋友很多，經常有約會，也會去到很晚，很多時候她都會在深夜時分來便利店增值。

感情生活，她卻不多提及；我只知道，她左手中指戴著戒指……

「今天你幾點下班？」

她忽然這樣問，放下了雜誌。

我看看手錶，說：「就快了。」

「一起吃晚飯吧？」

她笑，一臉自然地。

而我，就只能笨笨的，給一個沒有表情的反應……

我忽然明白，其實自己只是以淡然的態度，來掩飾內心那一點無法平息的躍動罷了。

●○○

見面多了，飯聚多了。

偶爾曹巧兒會打電話給我，或和我在 LINE 傳短訊聊天。

星期天她放假，有時又會來找我吃午飯或晚飯。

當然，都是她主動的多，基本上她比我要忙，我想約她也無從著手。

也沒有理由……

「有時候也真的不敢相信。」晚飯時，我笑著對她說：「竟然可以這樣子，跟你一同吃晚飯。」

「……我很生人勿近嗎？」她盯著我。

「不是，不是。」我微笑搖頭，她依然盯著我看。「只是你是這麼有人緣，不像我嘛。」

「不像你？」

「我一向不太擅於交際。」我喝著檸檬茶說。

「擅於交際也不一定是什麼優點。」她望向別處。

「但起碼有很多朋友……」

然後我們兩人沒有再接話，就只剩下茶餐廳的電視機聲音。

過了一會，她先出聲：「你覺得我不配跟你做朋友嗎？」

我緩緩搖頭，不懂解釋。

或者其實是不敢解釋。

比較之下，應該是我不配做她的朋友吧？

比較之下，我似乎不可能跟她這麼友好……

我不懂說清楚這當中的玄妙，但與她發展出這種親密的關係，讓我心裡的感覺好不踏實。

是有點所謂的曖昧……或者是我自己自作多情。

我又看一看曹巧兒，她依然沒有望我。

但她的表情，像是察覺到我在亂想什麼。

「走吧。」

她平靜的說。

結果那頓飯，就在一片古怪的氣氛下結束。

●○○

或者真的是我自己想得太多。

她都有男朋友了，還關我什麼事呢。

我不過是與她久別重逢的普通小學同學。

就算，我現在還喜歡她……

「為什麼約我出來啦？」

她語氣不善的，在便利店門外問我。

「想……請你吃宵夜嘛。」

我看看手錶，又看著她一身漂亮的打扮。

「你知不知道，原本我已經打算睡了？」

她冷冷的，自從那次晚飯之後，她的語氣都是這樣。

「你平時……有這麼早睡嗎？」

「你管我。」

她皺眉，踏步向前走了一會，又問：

「吃什麼宵夜？」

「……如果你不想吃的話，就算吧。」

的確，也真的晚了……

「什麼？」

「嗯，我送你回去吧。」我鼓起勇氣說。

「……不用了。」

我忽然感覺到，冬天轉眼間已經來臨。但我還是不放棄問：「你住附近吧？也不差幾步路……」

「拜拜。」

只是她頭也不回，逕自走開了。

我佇立在原地，不懂反應。

其實我是想，在十二時前，在這天她的生日未過去前，將背包中的禮物送給她……

不過，已經不用了，我倚在牆上微微苦笑。

六月十六日是曹巧兒的生日，我一直都記得。

即使，我們已經很多年沒有聯絡了，即使，她從沒有告訴過我是這天生日……

但這些年來不知為何，我一直都清楚記得。

她喜歡米奇老鼠，喜歡會閃爍的水晶球，我一直都記得，一直都記得……

但她不會喜歡我的。

即使我記得她的一切，但不等於她的心中有我。

她都有男朋友了……

那個凌晨，我在街道上漫無目的回想著這一切，直到天光。

●○○

「增值。」

曹巧兒冷冷的說，然後放下一百元紙幣，將錢包放到八達通機上。

我按動收銀機，八達通機傳出「嘟」的一聲，禮貌的回道：

「多謝惠顧，餘額九十三元七角。」

她收起錢包，沒有跟我說其他話，就轉身離開。

已經是第四次。

每次她都一言不發，增值完了，就這樣離開。

我只覺得十分無奈。

到底想我怎樣呢？就算是普通朋友，都不會這樣子冷淡對待吧！

「喂！」

我忍不住喊，旁邊的阿嬸同事呆望著我，似乎被我嚇了一跳。

但曹巧兒依然沒有回頭，卻走向了冰櫃。

「喂！」我走出收銀台，繼續叫她。

「怎樣了？」

她打開冰櫃，淡淡的問。

終於她肯理我，但我反而不知怎麼接下去，惘然地看著她。

「請我吃冰棒？」

難得地，她笑著問我。

「……想吃什麼？」我則傻傻的反問。

「……你猜。」

聽到她這樣說，我沒有猶豫，從冰櫃中拿了兩支最普通的紅豆味冰棒。

記得這是她以前最喜歡的味道，雖然現在已不能肯定，她是否仍然一樣喜歡。

她看著我，又看了一會紅豆冰棒，然後把冰棒接過，去收銀台付錢。

然後，我默默的跟她走出便利店外。

然後，她分了我一支紅豆冰棒。

然後……

「你……喜歡我嗎？」

就在我們吃著冰棒的時候，她忽然這樣問我。

我一愣，忍不住望向她。

為什麼她會察覺得到？

她卻沒有望我，像是在等著我回答。

我……該回答嗎？

「……喜歡呀。」

遲了多少年的表白。

雖然我仍然咬著冰棒。

但……

「我就當作沒有聽到吧。」

她簡單的拒絕我，轉身走了。

遲了多少年的失戀，也終於正式來臨。

●○○

「仍然未和好嗎？」

回到收銀台，阿嬸同事微笑著問。

「沒事呀。」我勉力笑了一下。

「女朋友是要哄的啊。」阿嬸用上三姑六婆的語氣。

「她不是我的女朋友啦。」我的笑變成苦笑。

「不是嗎？」阿嬸一副疑惑的表情。

「我們只不過是普通朋友。」我無力的倚在煙架上。

阿嬸不能置信的看著我，彷彿我是一隻怪物般，讓我好不自在。

「阿明。」

「呃？」阿嬸好少這樣子叫我。

「有好幾次我下夜班，你來上通宵班，我見到她也在便利店，還以為她是陪你上班。」

「都說不是那樣了……」我開始覺得有些厭煩。

「那個女孩，應該不是住在這一區吧？」

「不是呀，她其實住這附近……」

但阿嬸沒有理我，自顧自繼續說：「每次我深夜回家，都見到她一個人等巴士。」

「……什麼？」

「每次她都在我家的樓下，等過海的 106 號巴士。」阿蟠微笑，淡淡的說。

我呆住。

完全的，呆住。

阿蟠又看著我，笑笑搖頭，推我一下，說：「還想什麼？快去追吧！」

其實我根本已經不懂得思考。

沒有再想什麼她有男朋友、她有沒有喜歡我……

一直都是我自己想得太多。

一直都是我自己，亂想太多……

我在仍然昏黃的街道上跑著時，就只想到了這一點。

我喜歡她，卻不曾了解，只會猜度。

我喜歡她，卻不敢親近，只懂遠望……

●○○

「喜歡人的話，就不要只是在遠處偷望呀。」

小息時，看著漫畫書的陳開心，忽然這樣唸道。

「喜歡誰呀？」我假裝疑惑。

「好明顯啦。」

他朝正在小食部前吃著紅豆冰棒的曹巧兒努嘴，又向我冷笑一下。

「你怎麼知道的？」我心裡驚嚇，學校裡應該沒有人知道我喜歡曹巧兒的。

「總之，不要只是在遠望，沒結果的。」

陳開心老氣橫秋的說，我懷疑他的真實年齡有八十歲。

「我幾時說過要有結果呢？」

我將眼光緩緩的移回到曹巧兒身上。

「聽說喜歡一個人，不一定要有結果才是最好，只是單純的喜歡，也可以幸福。」

「那是自欺欺人吧。」他對我做一個鬼臉，又笑著繼續說：「不努力去爭取，又怎知道什麼樣的幸福，才是自己真正最想要的？」

那時候，我不明白他的這一句話；我只是一直看著那一個，自己第一次喜歡的人。

一直看到，她偶爾回頭望向我的時候⋯⋯

一直看到，我再見不到她的時候⋯⋯

●○○

「曹巧兒！」

我大聲喊著她的名字，在她等候著的 106 號巴士站前。

她緩緩轉身，臉上帶著愕然的表情。

「曹巧兒，我喜歡你！」

街上的途人，候車的乘客，紛紛望向我。

她沒有半點反應，只是從手袋中掏出手機，按鍵。

然後，我收到了這個短訊——

「笨蛋」

呃？

這時候一輛 106 號巴士到站，她乘上了巴士。

呃？

我佇在原地，巴士逕自駛走。

呃……

手機又再收到短訊，又是一個「笨蛋」……

●○○

後來……

她一直都稱呼我做「笨蛋」。

· *Track 02* ·

為你

nltRWSfqjIA

雪莉喜歡阿良，已經有一百零六天。

他不知道她喜歡自己，她知道。

她也知道，他不可能會喜歡自己。

由第一天開始，她就已經清楚知道這個結果。

●○○

以前，雪莉也談過幾次戀愛。

第一次，是在中學三年級的時候，一個四年級的學長忽然來向她表白。

那個學長是運動健將，平時又是學社的活躍分子，班裡好多女生都喜歡他。

那時候雪莉說不上喜歡他，但也不會討厭。始終有人喜歡自己，還是會有一點歡喜的。

於是，在學長向她第三次表白之後，她就答應與他在一起。

然後在一起了的第三日，他突然向她提出分手；原因是，性格不合。

後來有傳言說，那個學長不過是與朋友打賭輸了、才被迫向雪莉表白。

●○○

第二次戀愛，是在網路上發生。

那時候雪莉考完會考，整個暑假都在家裡逛網路上的偶像討論版，並認識了一位男性網友。

那個網友對她很好，會不時傳些笑話給她，又會關心她的每日作息。

例如夜深了、別太晚上床睡覺，例如下雨了、出外時記得帶傘。

雖然只是簡單的慰問，卻讓孤獨在家的雪莉感到了一份窩心。

有些真情有些感動，隔透著螢幕與文字，更彷彿瀰漫著一點若即若離的曖昧。

於是在網上交往了一個月後，她就答應與他出外，慶祝他的生日。

然後，他倆當晚成為男女朋友。

然後，那個網友在上完床後，於現實或網路世界裡，失了蹤影。

●○○

第三次戀愛，雪莉愛上了一個有婦之夫。

最初，雪莉極力嚴禁自己去破壞別人的家庭，提醒自己要跟對方保持距離地交往。

但對方是一個成熟的男人，溫柔、穩重，更加了解世情。

於是在一輪甜言蜜語、禮物攻勢下，雪莉還是不能自拔地陷了進去。

相比之前，這次戀愛是雪莉談得最長的一次，超過一年的時間。

是幸運的一年，也是痛苦的一年。

那個成熟穩重溫柔的男人，始終沒有跟他的老婆離婚。

最後更悄悄的，跟家人移民到美國，而之前從沒有跟雪莉提起過。

●○○

「怎麼你認識的男人都是這樣子的？」

在聽過雪莉的經歷後，阿良臉上露出一副看著外星生物的表情。

「都算不上什麼吧。」雪莉淡淡的，笑道：「再差的人我也見過。」

「……也是你的經歷嗎？」

阿良呆著問，雪莉則冷冷的不置可否。

「……你呀，應該要帶眼識人嘛。」

過了好一會，阿良才懂得這樣忠告雪莉。

「基本上，我每次都有帶眼識人。」

「 帶眼識到這種男人？」阿良失笑。

「是你們男人天性就壞嘛。」雪莉冷笑反駁。

「喂，不要扯到我身上……」

「你不是男人嗎？」

阿良突然不懂反駁。

「所以，你也就是壞了。」說完，雪莉繼續冷笑，阿良只有一臉無奈。

其實雪莉不是喜歡跟阿良抬槓，而且阿良也從來不會跟她爭論。

但對她來說，冷言冷語，不過是讓她掩飾自己的保護色。

掩飾自己，那點喜歡一個人的心情。

●○◌

雪莉早就清楚，阿良心裡另外有喜歡的人。

是她自己的朋友，是她介紹給他認識的。

卻想不到，之後會成為了阿良想追求的對象。

「你的朋友……阿兒，她有男朋友嗎？」

那天阿良忽然吞吐地，這樣問雪莉。她卻立即聽出了端倪，忍不住反問：

「你喜歡阿兒？」

當時阿良沒有正面回答，就只是將話題帶開去了。

雪莉本來對阿良這個好朋友，不太存有愛情的幻想。

都經歷過這麼多，苦戀三角戀婚外情一夜情曖昧快餐，她已經不想再談戀愛。

有一個會體貼自己的好朋友在身邊，比起被一個可惡的男人傷害自己要好。

所以，她從來沒有想過跟阿良做男女朋友，即使大家相處時是那麼合拍。

卻想不到，他喜歡了自己的朋友；然後在自己發現的同時，才察覺到自己的感受。

那心裡莫名揪了一下的刺痛……

「喂喂。」

阿良在她臉前揚手，雪莉從沉思回到現實。

「怎樣了？」

她開聲，心裡同時有點意外，自己的語氣變得很冷。

「不如下次一同看電影吧……你幫我約阿兒出來。」

但阿良彷彿沒察覺她語氣的變化。

雪莉靜靜看著他，無語。

●○○

之後，雪莉還是幫阿良，約了阿兒出來。

第一次，三人行，阿良不太說話，兩個女孩在他身後吱吱喳喳。

第二次，三人行，阿良站的位置有點微妙的變化，多數在阿兒的身邊出現。

第三次，三人行，雪莉很少有說話的機會。

第四次……都沒有第四次的三人行了。

雪莉知道，阿良已經可以自己直接約阿兒。

而看阿兒的態度，大概也不討厭阿良這個男生。

應該不會討厭的，雪莉明白。

阿良是一個很簡單的人，不會有太複雜的想法，可以說是笨，也可以說是單純。

不過單純也有分好心或不好心。

有一次，雪莉獨自逛街，但不準時的經痛突然來襲，一下子就讓她渾身乏力。

她痛得忍不住蹲在街上，街上滿是途人，卻沒有人向她關心慰問。

自己應該很異相吧？但她再無餘力去理會別人目光，因為那種抽痛讓她覺得像是要死了一樣。

「小姐，你沒事吧？」

有一把男聲問道，雪莉勉強的抬起頭，見到一個跟自己差不多大的男生蹲在自己面前。

可雪莉痛得連話也說不出，男生看著她好一會，又問了幾聲，最後站起身走開了。

喂，不是吧，這樣子就走？雪莉失望地閉上眼，心裡更開始罵了起來。但就在下一秒鐘，她突然感到自己的身體凌空而飛……是痛得神智不清了？還是自己真的要死了？可是身體沒有繼續往上飛，可是她感到背部有兩道臂膀的溫暖。

她忍不住睜開眼，不能置信，抱起自己的竟是剛才的男生。

是要拐帶自己嗎？是要帶回家侵犯嗎？頭腦不清的雪莉竟想到了這些。

但男生抱起自己上計程車後，只是很正常地跟司機說，去醫院。

然後當雪莉終於昏醒過來、發現自己躺在醫院的床上時，天色都已經黑了下來，而那個男生竟然還守在身旁，一直坐在床邊看著自己。

這個男生真的太鬧了，雪莉心想。

「醫生說你只是太緊張，所以暈倒了。」

他解釋，雪莉也很清楚，這本來只是小事。

但她後來離開醫院，他竟然堅持要送自己回家，她開始對他的過分緊張感到一點厭煩。

只是之後，在他終於送完自己回家，她又開始對沒有要求報答的他，感到一絲觸動……

單純的好心，輕易闖進了雪莉的世界。

●○○

「阿兒會喜歡些什麼呢？」

與雪莉一同在茶餐廳吃晚飯時，阿良嘆著氣問。

「你沒有問她嗎？」雪莉冷冷地說。

「問了呀，她說喜歡紅豆冰棒，喜歡七十一，喜歡八達通……」

「八達通？」

「是呀，八達通。」阿良搔頭，苦笑說：「她回答的都是些很普通的東西。」

「你可以問得更直接一點嘛。」雪莉搖頭。

「怎樣直接呢？」

「問她喜不喜歡你囉。」

阿良看見雪莉臉上的冷笑，知道她是在戲弄自己。

他們住得很近，偶爾會約出來飯聚聊天，而阿良近來每次總是會問起阿兒的事情。

「我問得到的話，就早問了啦。」阿良洩氣的說。

「真有這麼難嗎？」雪莉感興趣的問。

「難呀。」阿良晦氣。

「那你可以半帶開玩笑地跟她說，喜歡她這一個朋友，看看她會怎麼回答你嘛。」

「……如果她因此覺得我不認真，那怎麼辦？」

「你們男人，對一個人認真的時候，反而就變得不會用壞手段。」雪莉笑著搖頭。

「我幾時用過壞手段了？」阿良瞪她一下。

雪莉不答他，只是問：「你會不會太在意她的想法了？」

阿良呆了一下，喃喃說：「太在意？」

雪莉看著茶餐廳外的街道，然後說：「其實你只要做回自己、做一些你覺得她會開心的事情，那就行了。」

「我就是不知道她怎樣才會開心嘛。」阿良苦笑著搔頭。

雪莉心裡也在苦笑，他這個人真的有點笨。

●○○

「喏，給你。」

兩日後，雪莉將一樣東西，放到阿良手上。

「這是……」阿良看著那半透明、上面有著米奇老鼠圖案的八達通保護膠套。

「她應該也喜歡米奇老鼠嘛。」

「呀，是呢。」阿良應道，可還在一臉的莫名其妙。

「送給阿兒吧。」雪莉沒好氣。

「送這個？她……會喜歡嗎？」

雪莉心裡嘆氣，暗想，大概他與阿兒其實並不熟稔到哪裡去。

「先試試看吧。」雪莉無奈地，又說：「你說她喜歡八達通嘛。」

「嗯，謝謝你呢。」阿良似懂非懂，拿起卡套看了一會，又問：「這個要多少錢？」

雪莉抬頭想了一會，回答：「這餐飯你請我就行了。」

「這麼便宜？」

「還有，你送的時候不要那麼笨，說是我給你的，知道嗎？」

雪莉認真叮囑，阿良又似懂非懂的點頭。

其實這個米奇老鼠八達通保護膠套，是已經絕版了的貨品，也是阿兒一直都好想要的。

雪莉知道。只是阿良不會知道。

●○○

如雪莉所料，阿兒收到那個膠套後，十分高興。

於是阿良找雪莉幫忙的次數，也越來越多。

例如替他探問阿兒最近喜歡什麼香水。

例如教他摺許願她考試成功的幸運星。

例如為他安排只有兩人出席的燒烤團。

例如將他的優點不經意地讓阿兒知道。

其實當中有很多事情，是阿良從來沒有拜託過雪莉去做的。

只是雪莉每次都還是不自覺地，幫阿良做了。

他不喜歡她，她知道。

她也不覺得，他會想跟自己在一起。

自己算是什麼人呢，有這種經歷，怎麼可能配得起他。

只要他願意繼續做自己的好朋友，需要自己，就行了。

只要他快樂，就行了。

每次看著阿良的時候，她都會這麼想著。

只是，自己也越來越少機會看著阿良了。

她知道，自己沒有權利去束縛好朋友、甚至任何人。

過去，自己越想留住一個人，那個人就越是會離開；她了解，也試過太多。

也明白，就算多情深也好，如果對方不喜歡自己，奇蹟就沒有降臨的可能。

而且，明知道繼續下去也是會沒有結果，與其受傷，不如保持距離。

就讓自己抱持平常心淡然面對，可能還會更容易承受，一些意料之外的刺痛……

雪莉經常都會這樣安慰自己。

雖然，即使已經如此淡然，自己的心，原來還是會越來越痛。

雖然，自己早就已經受夠了這種痛，但還是會為了另一個人，而執迷不悟下去。

●○○

焗爐在烘烤著，朱古力的味道在空氣中蕩漾。

這夜，阿良上了雪莉的家，去做「蛋糕學徒」。

原因是，過兩天就是阿兒生日，他想自製一個朱古力生日蛋糕，給阿兒一份驚喜。

但弄了大半晚，失敗了好幾次，阿良都總是弄不好。

夜越深，雪莉的臉色也變得越來越黑。

「我知道我笨。」阿良搔頭，一臉不好意思。「但我真的想試試親自造好一個蛋糕。」

雪莉不理他，逕自到廚房去倒開水。

「為什麼蛋糕總是不夠結實呢？」阿良看著之前努力造好的「一塌糊塗」。

「奶油太多。」雪莉簡短的說，將一杯水放在他面前。

「可能吧。」阿良苦笑接過，呷了半杯水，又看著正在運作的焗爐說：「希望這次不會失敗吧。」

雪莉看著他，不說話。

過了一會，安眠藥的藥力發作，阿良伏在餐桌上，睡著了。

雪莉依然看著他，不說話。

直到蛋糕烤好，她才移開目光，將蛋糕從焗爐中取出來。

輕輕的拿起叉子，從試吃的蛋糕中分了一口。

蛋糕有些焦，又有些苦。

不是淡了，但是也滲進更多酸和澀，會更突顯彼此的不同步但她依然一口一口的吃著。

時針分針重疊在「十二」上。

雪莉看著自己心愛的這一個人。

不如，放棄吧？

不如，就幫他這最後一次……

零時零一分，她收起了淚，到廚房去做另一個蛋糕。

●○○

「對不起……我睡著了。」

過了很久很久，阿良終於醒來。

雪莉看了看他，沒有太多反應，就只是將眼光移去桌上兩個朱古力蛋糕。

「咦，你試吃了嗎？」阿良看見其中一個蛋糕有些殘缺。

「嗯。」

「好吃嗎？」阿良緊張地問。

雪莉又做了個不置可否的表情，阿良只好用叉子試吃蛋糕。

「咦，這次……很好吃呢。」阿良有些意外。

「嗯。」

「比之前的好很多……」阿良忍不住又再嚐了一口。

「好了，就好。」雪莉簡單回答。

「嗯。」阿良開心地笑。

「我累了。」

「啊，對不起。」阿良這刻才留意時鐘，原來已是凌晨三時。「我……走了。」

雪莉看著他，不說話。

「不好意思，弄得這麼晚……」阿良邊說，邊低頭執拾餐桌上的材料。

「不用收拾了，來。」雪莉拿出預先準備好的紙盒，將另一個完好的蛋糕放好。

「嗯……謝謝你。」

阿良接過蛋糕道謝，雪莉卻不發一言地，走去打開大門。

氣氛有點古怪，阿良感覺得到。

但他最後還是跟雪莉道別，有點無可奈何地離開了。

雪莉關上門，回轉身，看著變得寂寥的大廳。

朱古力的味道，依然在空氣中蕩漾。

只是如今，卻多了一點酸的感覺。

●○○

「一直以來，都沒有人會替我慶祝生日。」

「為什麼不找朋友和你慶祝？」

「大家都忙嘛，不想麻煩人家。」

「男朋友也沒有嗎？」

「沒有。」

「……為什麼沒有呢？」

「不是推說沒有空、就是脫不了身。」

「……你的男朋友還真是極品。」

「算了，我都習慣。」

「唔……」

「唔。」

「喂。」

「嗯？」

「這一年，我替你慶祝生日吧。」

「為什麼呀？」

「生日可是應該要好好慶祝的啊。」

「……有什麼好慶祝的？」

「到時你就會知道啦。」

「……你知道我幾時生日嗎？」

「……是呢，你什麼時候生日？」

「哈哈，傻瓜。」

「喂，快說啊！你什麼時候生日？」

「你猜到的話，我就獎勵你、告訴你答案。」

「……猜到的話，你告訴我答案又算什麼獎勵？」

「……那你想要什麼獎勵？」

「唔……」

他看著她。

她看著他。

忽然，大家的臉上有一點紅。

兩人都沒有再說話。

●○○

在計程車上，阿良無端地想起了這段對話。

已經幾乎忘記了的對話，與一絲感覺。

他低下頭，看著自己雙手捧著的朱古力蛋糕。

原本是不應該會想起的，但不知為何，當自己從雪莉手中接過這個蛋糕後，內心竟然有一絲莫名的牽動。

然後那牽動，讓自己勾起了過去與她的種種回憶。

然後，最後，就只想到了自己與她那時候的對話，和她臉上的紅……

為什麼會想起？他看著車窗外的街景倒逝而去，內心只感到越來越惆悵。

這時候，收音機的電台 DJ 報時，現在是六月十四日凌晨三時三十分。

阿良不知道這個日子的意義，只知道是三百六十五日的其中一日。

只知道，過兩天就是阿兒的生日。

然後他又再想起，雪莉關上門前的那抹眼光……

●○○

五分鐘後，計程車來到一個十字路口前，停下。

然後司機將車子掉頭，往雪莉家的方向駛回去。

· Track 03 ·

傻瓜

xChME6md5kg

「我喜歡你。」

還記得，那是一個帶著秋涼的黃昏。

他一直在對我微笑。

而我的心，一直在亂跳。

「我喜歡你。」

同一句說話，再次從他的口中說出。

我依然不懂反應。

那天，我們兩人在公園相對了很久、很久。

他對我說了好多遍「我喜歡你」，雙眼一直認真的等著我回覆。

雖然我沒有回應過他。

但他依然，努力裝著微笑，緊張地等我開口。

「我喜歡你。」

已經第十二遍了。

好傻，真的好傻……

我忍不住哭了。

只因為從來沒有一個人，會願意對我這麼傻過。

●○○

認識 Chris，是偶然、還是命中注定，我其實也分不清楚。

在大學畢業後，我在一家食品公司做會計文員。

最初我沒有想過做會計文員，原本我是想應徵「市場助理」這個職位。

「方小姐，不好意思，市場助理我們已經請了人。」

他第一次跟我通電話，身分是公司人力資源部的梁先生。

「……那算了吧。」

我愣了兩秒鐘才懂得擠出這一句，心裡已經想結束通話。

「等等，」梁先生有點著緊，像是怕我掛線。「我們還聘請會計文員，不知道你有沒有興趣？」

「會計？」我又再呆了一下，會計部跟市場部完全風馬牛不相及。

「嗯，如果你有興趣，我們可以立即聘請你。」

立即？我呆住，因為我只面試過一次。

後來我考慮了一個下午，就答應了那位梁先生，只因我已經找了兩個月工作。

後來我正式上班，梁先生來跟我打招呼，我才發現，原來這位梁先生，就是我讀中學時的鄰班同學。

●○○

「傻瓜，在想什麼？」

在 Chris 的床上，他忽然這樣問我。

「沒什麼，忽然想起了以前的事。」

我伏在他的胸前，聽著他的心跳聲。

「以前的事？」他的手指撩著我的頭髮。

「以前讀中學時的事。」

「想起了什麼呢？」

「那時候……我說中學時，你有留意過我嗎？」

那時候，其實，我不太留意讀鄰班的他。

「你說呢？」他笑了，但沒有真正回答我。

「我要你答我。」我抬頭盯著他。

「當然……」他貼著我的臉，雙眼直直的看著我，嚷：「有啦，傻瓜！」

然後他就搔我的癢了。

是了，自從跟他在一起後，他就老是叫我做「傻瓜」。

不知道為何他喜歡這樣叫我。

明明是他比我傻，可是每次見面，他都會喊我做「傻瓜」。

「喂……我不是『傻瓜』啊！」

幾經辛苦，我停止了他的搔癢。

「傻瓜。」

可是，他依然這樣喊我。

一雙手，又不安分地在其他地方遊走。

我沒好氣，繼續躺在他的床上，任由他擺布。

●○○

雖然不是做著自己原先想要做的工作，但對此我不曾有一點後悔。

公司很好，人工很好，同事很好，福利很好……

或許這些都不是重點，最重要的是，我在這裡重遇到Chris。

「你先走吧，我待會可能要開會」

下班時分，我收到他這個手機短訊。

我拿起包包站起來，往他的部門看過去，見到他與同事正在討論著什麼。

「我會到 APM 逛，你可以走的時候打電話給我吧」

我按下「回覆」，把手機收起，跟同事說再見後，獨自離開公司。

說這間公司有什麼不好的話，就是不能在公司裡談戀愛。

簽合約的時候，有條文列明，不准與公司任何同事發展超越友誼的關係。

多麼老套，聽說這是人事部主管所訂下的。

可是，我現在就是在跟人事部的主任談戀愛，有多黑色幽默。

也因此，與 Chris 在一起，很多時候我們就要變得「偷偷摸摸」。

下班後，我們會到東九龍區的商場約會，例如 APM，盡量遠離新界西這個區域。

雖然我們都住在西九龍。

放假時，我通常都會上他的家，很少出外，怕會碰到其他同事。

是有點像地下情，事實上我也不喜歡這樣。

「我想換工作。」

終於等到 Chris 下班、與他在 APM 等著午夜場電影開場時，我這樣對他說。

「為什麼？」他愕然，低頭注視我。

「我想找一些關於市場策劃的工作。」我微笑回他。

他沉吟了一會，問：「現在的工作不好嗎？」

「不是不好，」我呼了一口氣，繼續騙他：「只是我想做一些自己想做的工作。」

他沒有再說話。

直到電影散場，他才牽著我的手，說：「傻瓜。」

「嗯？」

「怎樣也好，隨你喜歡吧，我都會支持你。」

他又露出那雙認真的眼神。

我鬆了一口氣。

●○○

第二天，我回公司遞了辭職信。

兩星期後，我被一家電腦公司，聘請做行政助理……

為此，我被 Chris 責怪了一整晚。

沒法子啊，因為我實在真的好想立即換工作……

「傻瓜，你可以不用這麼快就答應呀。」

他皺眉，在我告訴他我答應了新公司聘請的時候。

「人家給的條件不錯嘛。」我亂說，其實福利比現在公司要差。

「那你也可以再慢慢考慮呀。」他嘆氣。

「再考慮的話，我怕他們會請了別人啊……」

「哪有這麼快。」他看著我苦笑。

「其實我也怕自己的積蓄，不容許我等太久……」

「……傻瓜。」

「嗯？」

「我可以養你嘛。」

他這樣對我說，神情認真。

然後，我又不懂得反應了……

那是我一生中最快樂的時光。

●○○

但後來我沒有等 Chris 養我，我還是到新公司上班。

只因，我不想再跟他偷偷摸摸的談戀愛。

不想再瞞著所有人，不想明明相愛，卻要在人前裝著陌生。

不過現在下班之後，我和他也是一樣時常逛 APM，看那兒的午夜場電影。

放假時，也繼續懶懶的，整天待在他的家裡不出外。

其實跟之前沒有太多差別。

因為，我們似乎都習慣了這樣的生活。

除了有點不習慣，不能在新公司裡看到他的存在……

「喂，好想你呢」

我用手機敲著鍵，傳他短訊。

「你這天忙嗎？」

最近他像是變得比之前忙碌，有時要很遲才可以回覆我。

「這天我想看電影，我去買票吧？」

我知道，現在是他的拚搏時期，好好努力爭取表現，將來才有機會升職加薪。

最後我沒有按下發送鍵。

那一個晚上，我自己在 APM 看午夜場電影。

完場後我獨自離開商場，乘地下鐵回家；我看著車窗外發呆，心裡忽然想⋯⋯

其實自己是不是作了一個錯誤的決定？

而 Chris 其實是不是也早知道，這決定是錯的，最後反而會讓我們變得沒那麼親近？

只是，他尊重我的決定、沒有阻止我⋯⋯

我忍不住微微苦笑。

傻瓜。

●○○

「不如⋯⋯」

「嗯？」Chris 睜開睡眼。

「不如，」我又頓了一頓，過一會才說下去：「我們同居好不好？」

我知道，提出這個建議，是有點不應該。

「唔……」

他緩緩的坐起身，離開原本依偎在他胸前的我。

「你想同居嗎？」他低下頭笑看著我，像是想確認我的真正想法。

我讓自己搖搖頭，笑著搖頭。

「如果你想的話，我怕你到時真的要變成煮飯婆啊。」

他下了床，回頭對我說。

「你妄想。」我做個鬼臉，然後讓自己別過臉。

其實應該預期得到，現階段他是不想同居的。

因為，這些日子以來，他都沒有給過我家裡鑰匙……

即使，我正睡在他的床上，即使，已經有半年了。

「這陣子我會比較忙呢。」

他的聲音從廚房傳出。

「忙升職嗎？」我喊。

過了一會，他說：「我都想。」

我下了床，赤著腳走進廚房，摟著他嚷：「加油，我會支持你啊。」

他微微愣住，然後失笑：

「傻瓜，穿衣服啊！」

●○○

和 Chris 在一起，讓我可以放下很多過去我曾經很重視的束縛。

從小我就十分好強。

雖然我的身形比其他女孩子要嬌小，但我總是不想被別人看輕。

為了想得到父母的疼愛，我自小就努力做他們的好孩子。

為了想得到老師的讚賞，我拚命去讀好我不喜歡的學科。

為了想得到同學的重視，我一直飾演大家心目中的好人。

是很無聊，我知道。

但過去我曾經為這些如此執迷過。

「傻瓜，執迷也好，不執迷也好，這也是你的一部分呀。」

在第一次聽見我這樣剖白自己時，Chris 就給了這樣模稜兩可的見解。

「如果不執迷，哪又怎算是我的一部分？」我反問。

「因為，你已經變得不想再執迷嘛。」他繼續模稜兩可地說。

「我變了，那還算是我嗎？」我搖頭。

「傻瓜。」

他拍著我的頭，一臉傻氣地說：「任何人都會變的，但只要你自己覺得快樂，那就行了！」

「那你會變嗎？」我看著他，忍不住苦笑。

「我會一直在你身邊。」他將我摟著，緊緊的。

他是唯一一位，我不需要特意去討好，但仍會這麼珍惜我的人。

也因此，就算他性格有點粗心大意、愛理不理、大男人，我都不介意。

我知道，自己真的好愛他，從未試過如此地愛一個人。

也因此，即使他近來開始少來找我，我都不介意⋯⋯

●○○

「Julia？」

下午，以前的同事 Candy 打電話來。

「怎樣啦？」我用肩膊夾著手機，雙手正忙著處理一大堆文件。

「你像是很忙呢？」Candy 還在笑。

「很明顯是啦。」我沒好氣，以前她就喜歡跟我亂抬槓。

「喂，今晚我們跟 Edward 慶祝生日，你來不來？」

Edward 是會計部的主管，以前待我還算不錯。

「好啊，約在哪裡？」

我馬上答應了，反正我也想見見 Candy。於是下班後，我就到了荃灣一個商場內的酒家。

Edward 的人緣一向很好，所以這晚很多同事都有出席，最後更要分開兩張桌來坐。

但人力資源部的「梁先生」沒有出現。

「喂，為什麼在發呆？」Candy 在我面前搖搖手。

「沒有啦。」我隨口應道，又問：「最近公司有沒有什麼大事發生？」

雖然透過 Chris，我一向不缺舊公司各人的最新消息——而且其實都沒有什麼特別消息。

「沒什麼特別啦。」Candy 如我所料的回答，「不過……」

「唔？」

「呀，你自己看吧。」Candy 向我吐吐舌，然後我隨她的目光望去。

然後，我終於見到 Chris了。

只是他牽著一個女人的手。

那個女人，是市場部的主管……

接著，他終於看見我了。

我看到他的眼神裡，有一點愕然，有一點驚慌。

然後他別過臉避開我的目光，我心裡依然感到惘然，但還是提醒不要再一直注視著他的臉。

「Chris 跟千金在一起了。」Candy 低聲跟我說。

「……千金？」

「Amanda 嘛，她是大老闆的女兒啊。」Candy 朝市場部的主管微微努嘴。

我靜靜的看著坐在另一張桌的他們。

又努力地讓自己別要再看下去。

但眼光還是始終忍不住，往他的位置飄過去……

他沒有再望過我一眼。

最後，我對大家說有些不舒服，在宴席還未開始之前，獨個兒離開了酒家。

●○○

「那你會變嗎？」

「我會一直在你身邊。」

「如果我先變了呢？」

「那……我也沒有法子啊。」

「你不可以嘗試追回我嗎？」

「唔……」

「還要想？」

「可以，可以！」

「那才乖。」

「……傻瓜。」

「不過如果你變了……」

「唔？」

「我一定不會放過你……」

「……」

「我一定會要你，回心轉意，回到我身邊。」

「……是因為你好強嗎？」

「哼！」

我忍不住打他。

而他就只是一直苦笑著，不敢還手。

●○○

「Julia！」

在我終於走出商場時，Chris 的聲音在我背後響起。

我不敢回頭，繼續默默向前行。

「Julia……」

他又喚。

我依然不敢回頭。

「聽我解釋好嗎？」

腳步，卻不自覺停了下來。

「對不起……」

他走到我的面前。

理應，我是要給他一巴掌？若按照一般的劇情需要。

但我只是微笑，抬起頭，對他說：「為什麼要說……對不起？」

他像是不懂解釋，過了一會，又說一遍：「對不起。」

「是因為對不起我嗎？」我問。

他不作聲。

「是因為背著我，跟她在一起了嗎？」

我低下頭，快要忍不住。

「不是……」

他顫抖著，呼吸。

「不是？」

「不是的……」

「不是什麼？你是想說，你沒有跟她在一起嗎？」我忽然感到有點好笑。

他卻沒有半點反應，就只跟我默默在對峙。

過了良久，良久，他終於告訴我真相：

「其實，在跟你在一起之前，我就已經，跟 Amanda 在一起……」

在……之前？

在……跟我在一起之前？

我感到，臉上多了一道雨水。

終於，再也忍不住，忍不住……

「對不起。」

他又再重複這句話。

我記起了，那個秋涼的黃昏，那個說喜歡我的他……

●○○

「傻瓜，為什麼……」

「唔？」他一臉緊張。

「我說，你為什麼……」我笑著抬頭，問他：「一直只是在重複說『我喜歡你』？」

「……因為，我真的喜歡你嘛。」

「我已經知道啊。」

「那麼……？」

「那麼，你就沒有其他想要的嗎？」我感到臉上一陣熱。

「想要……？」

「……你說喜歡我……不是想跟我……」

我不再看他，過了好一會他才會意，大聲嚷：「想呀！」

但我依然不作聲，想他繼續說下去。

卻想不到，他忽然牽起了我的手。

比說「可不可以做我女朋友」，要更加直接……

「我好開心啊！」

他牽著我的手，緊緊的，大嚷大叫，像一個傻小孩。

他的手，好暖。

「喂……」

「唔？」他的動作停下來。

「我沒有說過，讓你牽啊……」

說完，他的手真的立即鬆開了。

傻瓜。

我把他的手牽回。

對這一個重遇才半個月的中學同學、這一個我的現任男朋友，快樂地笑了。

●○○

原來從那時候開始，我們就沒有確認過……

彼此要成為對方唯一的，男女朋友。

●○○

我哭了

在他面前

我逃了

在這陌生的城市裡

不想被他追到

不想再看到他的臉

不想再想到更多更多的真相

但當我忍不住停下來的時候

我回頭

沒有他追上來的身影
沒有
也許他回去了
回去那個她的身邊
也許他不在乎我了
不在乎我會怎麼樣
曾經以為我們是這世上唯一會著緊對方的人
曾經我以為他是只愛著我一個人
為什麼最後不是這樣呢
為什麼最後讓我知道了真相
是在什麼時候開始
是在最初的時候就開始嗎
從我到公司應徵開始
從他知道我來應徵開始
他可以知道我的很多事情
他可以輕易的接近我
他只是想留住我
從來沒有對我付出真心
從來就只是欺騙著我
從來都沒有愛過我
什麼養我愛我

什麼承諾照顧

只是在騙著我

只是在騙著好騙的我

所以才叫我傻瓜吧

但我不是真的傻

我只是迎合他而已

難道我不懂報復嗎

難道我就真的不會向他報復嗎

難道他就不可以回心轉意嗎

難道因為她是千金嗎

為什麼要我一個人難受

我不要

我不要……

●○○

當我回過神來，我已來到他家樓下。

已經走了好多個小時。

雙腳，已經累得再沒有感覺。

其實，心早已經被掏空了一切感覺……

我抬頭望向 Chris 所住的地方，沒有燈光。

原來如此，那我應該怎樣做才能夠放棄？

是睡了嗎？

不是。剛好從計程車下來的他，告訴我不是。

他的身邊，還有那個她⋯⋯

我又明白了另一個真相。

他像是發現到我的存在，臉上又再出現那驚慌的表情，動作更有一刻止住。

這是我認識他以來，第二次看見他的這一面⋯⋯

如果繼續下去，相信我會看到更多，他不想我發現的面貌。

相信我也會更加的了解，他這個人。

了解這一個，我依然深愛著的人⋯⋯

不論他是否真心喜歡過我。

我靜靜的走向計程車。

低下頭，不想被 Amanda 看見。

然後乘上了計程車，在他的惶恐的目光與沉默下，離開。

●○○

計程車的收音機，播著電台 DJ 所介紹、S.H.E 的舊歌〈安靜了〉。

六月十四日的淩晨，從沒想過，自己會乘上了這一輛計程車。

這輛剛才接載過他的計程車。

也從沒有想過，自己會為這首以前不留意的歌曲，出神。

然後，為自己的傻，心痛⋯⋯

窗外的景色漸漸變得模糊了。

心裡那點刺痛的感覺，彷彿越來越深⋯⋯

●○○

你說我愛你太多　就快要把你淹沒

你害怕幸福短暫一秒就崩落

分開是一種解脫　讓你好好的想過

我想要的那片天空　你是不是能夠給我

●○○

計程車駛至一個十字路口。

一道巨大的力量橫衝過來。

●○◌

你說我給你太多　卻不能給我什麼
分不清激情承諾永恆或迷惑
愛情是一道傷口　我們各自苦痛
沉默是我最後溫柔　是因為我太愛你

●○◌

心，終於沒那麼痛了。

· Track 04 ·

埋藏

3w0FIGnyjFc

十六日，黃昏。

病房仍是靜悄悄的。

鄰床新來的女病人，仍是繼續昏迷不醒。

而我，就等著要離開，這間已經住了三天的病房。

三天。

那個人始終沒有來過。

「嗯，辦好出院手續了。」

家和的聲音響起，我沒有回頭，繼續望著那個昏迷中的女病人。

「怎麼了？」

家和又問，來到我身邊，替我拿起行李袋。

「沒什麼。」我笑了一下，「只是有點羨慕，她可以繼續放假罷了。」

「在醫院放假好好嗎？」家和皺著眉。

「不好。」我吐吐舌頭，笑著挽起他的手，離開病房。

那個人，最後還是沒有來。

●○○

與家和在一起，已經有五年了。

「是五年零二個月呀。」

每次他都會這般糾正我，有時甚至還準確地換算作「多少天」。

斤斤計較，最初認識他的時候就已是這樣，但他總辯稱這是他的記性太好。

「記性真的這麼好？」

「當然。」

「那我們是在哪一天一起的？」

「十一月二十四日。」

「第一次約會？」

「十一月十二日。」

「當晚吃什麼？」

「唔……文華茶餐廳。」

「第一次去的餐廳呢？」

「……不是文華茶餐廳嗎？」

我沒有立即回答他，他的臉上開始滴汗。

「第一天……我們晚上不是去吃了文華嗎？」

他再一次問，神情越來越慌張……

我裝不出生氣了。

「傻，是文華茶餐廳，是我在逗你罷了。」我按著他的手說。

「……逗我？」

「是呀。」我吐著舌頭，悄悄看了他一眼。

他沒有怪我，仍是一貫的溫柔，以及有點鬆口氣的表情。

我讓自己的臉上保持微笑，不想他再擔心更多。

●○○

「那你們第一次去的，其實是哪間餐廳？」

在第一次聚餐時，我將這件事告訴王小明，他想了一會後，如此問我。

「為什麼會這樣問？」

我心裡意外，看著當時這位認識才一星期多的朋友。

也是第一個會問我這個問題的朋友。

「不知道，純粹想問而已。」但說完，他笑了一下。

「沒有其他原因嗎？」我又問，心裡仍是有點震動。

王小明看了我一眼，說：「現在我反而想知道，你為什麼會這麼想問我原因了。」

我猶豫了一會，最後還是告訴他：「因為沒有人在聽了這件事後，會懂得問我這個問題。」

「其他人會說些什麼？」

「唔，都是『家和很在意你嘛』、『家和記得這麼多，已經很難得了』這些話。」

「家和對你其實也真的很好吧。」王小明喝著朱古力笑。

「連你也這麼笑我。」我盯著他。

「這又怎算取笑？」他無奈搖頭，又問：「那，到底是哪間餐廳呢？」

我沒有回答王小明，只是望望我們身處的義順牛奶公司餐廳。

王小明露出了一個會意的表情。

「那天我們出來，最先是來這裡吃雙皮奶的，但他忘記了……」

「哦。」王小明應了一聲，卻又定定的看著我。

「……怎麼啦？」

他做個鬼臉，這樣說：「比起你的男朋友，你其實更加斤斤計較呀。」

我再一次愣住。

●○○

其實家和與我的性格，真的十分相似。

獨來獨往，不愛說廢話，有自己的想法，個性也斤斤計較。

只是我較喜歡結識新朋友，而他，則喜歡黏著我……

「下個月阿兒生日，你去不去慶祝？」

「唔……」他猶豫了一會，最後說：「不去了。」

其實早料到他會這樣回答，因他與阿兒並不太熟。

「你……想我去嗎？」他忽然又這樣問。

而我，只能望著臉帶惶惑的他，不懂回答。

「你想我陪你的話，也可以呀。」他笑，溫柔的，有點勉強的。

「……傻。」

「嗯？」

「如果你不想去，不用遷就我啊。」

我說，靜靜倚在家和的胸前。

其實是的，我們都相似，我們都會斤斤計較。

只是，為了迎合我，很多時候家和都會放下自己的堅持、勉力順著我的意思。

但，我從來都不喜歡勉強別人順迎我的意願，就如他也從不會要我做不喜歡的事一樣。

偏偏，他不明白這一點。

就算已經五年了，就算我們這麼的相似，他都不了解我的所想。

總與我有著微妙的距離。

●○◌

「你想太多了吧？」

王小明笑，抽了一口手上的香煙。

「但完全不想，也不可能。」我嘆氣，也輕輕嚐著他呼出的薄荷煙味。

「你不會主動跟他分享自己的想法嗎？」王小明望向大海的對岸。

「其實也曾經試過，但總是效果不太好。」

「為什麼呢？」他回頭瞥瞥我。

「每次他都會很認真的想，是不是我們之間發生了什麼問題。」我苦笑。

「事實上是真的出現了問題嘛。」他叼著煙，奇怪的看著我。

「我覺得那只是小問題，但他的態度卻太認真……」

「例如呢？」

「他會問我，是不是他有什麼不足夠……」

「而這其實並非他一人的問題。」王小明笑著接下去。

「就是了。」我呼一口氣。

「然後你就更加發覺，你們的步調原來這般的不一致？」

他邊說，邊以感到有趣的目光打量我。

「完全是啦。」我沒好氣地回應。

他看著我好一會，又默默彈走抽完的香煙，說：

「有些話，早些說比遲些說好啊。」

我問他：「例如什麼話？」

他不答我，卻唱起歌來：「如果心聲真有療效，誰怕暴露更多……」

是陳奕迅的〈Shall we talk〉。

看著維港對岸萬家的燈火，那點失落的感覺更加沉重。

「那你呢？」我轉換話題，笑著問他：「你什麼時候會對阿兒表白？」

王小明微微苦笑，然後又從煙包中掏出另一根薄荷煙。

●○○

「王小明是喜歡阿兒？」

晚飯時，我跟家和說起王小明的事。

「是呀，他從中學時就已經喜歡她。」我切著煙燻三文魚說。

「真的看不出來呢。」家和隨口應道，將他那份晚餐上的三文魚放到我碟上。

「嗯，真的看不出來。」

家和沉吟了一會，說：「他身邊總是圍繞著好些女生。」

我抬起頭，回道：「是呢。」

「我以前還以為，她們是他的女朋友呢。」

「不過是朋友吧。」

「但他們有時像是表現很親近……」

「這也不代表有什麼。」我放下刀叉，拿起凍咖啡來喝。

「你啊，胃痛就不要喝咖啡嘛。」家和皺起眉來。

看到他的表情，我忽然想起王小明也跟我說過類似的話。

「在想什麼呢？」家和問。

我搖搖頭，將咖啡放下。

「如果你想喝，就喝吧……」

聽見這一句，我微微一愣，看見家和又一副緊張的表情……

我只好笑著將杯子再次提起。

●○○

「阿兒……有沒有叫過你戒煙？」

在第六次碰面時，我又問王小明。

他奇怪的看著我，回道：「她沒理由會叫我戒煙吧。」

「但是，我之前見她好像不喜歡聞到別人的煙味。」雖然我認識阿兒才兩個月。

「我從中學認識她時，就已經有吸煙的習慣了。」他笑。

「不會為她戒煙嗎？」我又問。

「她不會勉強我的。」他邊說邊掏出煙包，「而且，我們只是好朋友嘛。」

「唔……通常不是會做一些事情，去迎合自己喜歡的人嗎？」

例如我會聽家和吩咐，少喝一點咖啡，晚上早一點睡覺……雖然很多時候我最後都會依然故我。

王小明燃點起香煙，說：「也不是完全沒有做，在她面前的話，我會盡量少點抽煙。」

「會感到……為難嗎？」

「總會有一點啦。」他微微苦笑，又說：「不過也不只是她，很多人都不喜歡聞到煙味。」

「其實也不太難聞嘛。」

我這樣說，他再次用奇怪眼光看我。

「但你本身並不抽煙。」

「是呀。」我說。

「怪人。」

他笑了，空氣中帶著絲絲涼快的感覺。

●○○

是有點兒奇怪的，在與王小明相處的時候。

通常每隔一兩個星期，我就會跟他約出來見面一次。

每次也沒有什麼特別活動，都是隨便找間餐廳吃晚飯，然後就是去閒晃、聊天。

很純粹平淡的朋友活動，卻又持續了四個多月。

「你平時會跟朋友這樣約出來見面嗎？」有次我問他。

「你會嗎？」他卻反問我。

應該是不會吧。

雖然我喜歡認識新朋友，但我不喜歡無目的地約出來見面。

至於王小明，按照他的說法，平時總是很忙，除了工作，他本身還在社區中心做義工，一星期有三晚教小朋友畫插圖。所以也沒時間主動約朋友。

但這些都是表面的掩飾。

「我只是不想跟太多人有交往罷了。」

「為什麼呢？」我好奇的問。

「交往下去，就會容易產生曖昧，到最後就很難處理得好。」他苦笑。

「……你說得自己好像很有吸引力般。」

「但事實上我是一點吸引力都沒有。」他嘆氣，像個老頭般。

「你還口不對心，每次出來，你身邊都總有一票異性圍住你。」我挖苦他。

但不論他是否口不對心，不少朋友都跟他投訴，平時很難約他出來。

不過只要細心留意，其實不難發現，每當聚會有阿兒出席，王小明就會參加……

其餘時間，他比起任何人，更加獨來獨往。

工作、做義工、工作、做義工，很刻板的生活。

但或許是這個緣故，他可以站在一個跟群眾隔開來的位置，看到別人所忽略的畫面。

就例如，我跟家和的問題。

●○○

基本上，家和的所有家人與朋友，我都認識。

五年了，我一直盡力迎合他的親友，做好女朋友這一個角色。

但是，他對我的親人，卻不是太過關心。

或許這都是一些小問題。

「下星期天我想陪媽媽去買廚櫃。」

家和聽見了，冷冷的問我：「為什麼要你陪她去？」

我一時反應不過來，過了一會才明白回道：「因為沒人陪她嘛。」

「哦。」他發出這個單音。

或許，與其說他不太關心我的家人，倒不如說他不太喜歡我的家人。

我喜歡我的家人，也重視與他們之間的相處。

但可能因為以前我跟家和提及過，父母曾經對我的一些不好，因此令他總是對他們不假辭色。

雖然爸爸媽媽對此並未察覺……

「很久沒有見家和了，幾時帶他回來吃飯啊？」

媽媽不時會這樣問我，我知道她其實是在向我暗示……

我總是會無奈地笑著帶過。

●○○

「再繼續走下去，你們遲早會結婚的。」

第二十一次，王小明帶我到酒吧，聽我訴苦。

「王小明，你在說廢話嗎？」我看著陌生的酒杯，回他。

「問題是，你還不想結婚吧？」

我不答他，只是繼續看著酒杯默然。

也說不上完全不想，但是就這樣子去結婚，總是會覺得欠缺了一點什麼。

「或許再過多五年，我會想結婚吧。」我喝著有點烈的酒，說笑。

「就只怕你不能等多五年呢。」他瞥了我一眼，悠然地抽著煙。

「……你又知道？」

「其實，你說你不喜歡勉強別人，但心裡還是希望，有一個人可以完全配合你。」

王小明這樣剖析。

原本因為喝了烈酒而滿身熱烘烘的我，竟感到了一絲冷意。

「而當你一直安慰自己現在已經很幸福，又或是怪責自己想得太多、而不應再想下去時，其實你將那些遺憾埋藏在更深的深處，而且越是累積下去，就越令自己覺得沉重；到有一天終於超過臨界線，你可能又會反問自己，這樣子埋藏下去，到底是為了什麼。」

說完王小明看著我，我回不上話來。

有時我會覺得，自己在王小明面前，基本上是藏不住秘密。

就連一些我已經騙了自己很久、差不多已被當成真實的謊話，他也可以輕易的把我揭穿。

「那……」我輕輕的呼口氣，這樣問王小明。「你覺得我還愛家和嗎？」

他微微笑了一下，說：「你自己應該有答案。」

我的答案……

「如果愛，那就已經足以成為跟他結婚的理由吧……」

王小明沒有作聲，就只是靜靜的看著我，喝下又一杯酒。

「還是乾脆不要一起算了……」我帶著酒意說。

「你捨得放手嗎？」他笑。

「為什麼不捨得？像你一個人單身，也可以不錯呀。」我定睛看著他。

「老了的時候，你就知道慘了。」他搖頭。

「老了的時候……我還有朋友。」

王小明又咕嚕了一句，但我開始有點頭暈，聽不清楚他說的話。

「如果阿兒不喜歡你，你會有什麼打算？」我半開玩笑的問他。

「我也不知道。」他又短短的回答。

「不會不知道的吧？」我不讓他逃避，每次他都沒有正面回答我。

「有打算又如何呢？反正仍是會繼續喜歡下去的吧。」

「……不會放棄嗎？」

「其實輪不到我們自己控制吧？」

「不會嘗試……」我伏在桌上，仍是看著王小明。「跟其他人發展嗎？」

王小明低下頭，默默的看著我。

他的雙眼很明亮。

即使我已經醉得天花亂墜，我還是感覺到他那讓人觸動的目光。

彷彿把我的心底看穿一樣……

但我只是靜靜的，回看著他。

任由他看著我。

而事實上，曖昧時的喜歡，與一起時的喜歡，是兩種不同的感情直至，我終於抵不住醉意，將雙眼合上。

●○○

後來，我是痛醒的。

醒來時，我發現自己正躺在睡房裡，胃抽搐得讓我渾身冒冷汗。

家和接到我的求救，匆匆趕來了，然後把我送往醫院。

經醫生檢驗後，診斷我患有急性胃炎，要留院觀察兩日；家和也因此知道我有喝過酒。

「為什麼會去喝酒？」

他皺眉看著我，一副不原諒我的表情。

「只是喝了一點點……」我抱著病床上的被子，心虛的說。

「你明知道你不適合飲酒嘛！」他仍是氣鼓鼓的，雖然我知道他的生氣不會維持太久。

「對不起啦，是我不好……」

他又默然盯著我好一會，最後嘆一口氣，別過臉去。

我抱起膝，看著他背對我的身影。

心裡有點鬆一口氣的感覺。

有點，久違了的興奮感覺……

為什麼會這樣呢。

「你好好休息吧。」

家和淡淡的說，站起身離開。

我知道他是氣消了，但想起他這天為了我，特意請了一天假，我心裡又有點過意不去。

都是王小明提議去喝酒不好。

「豬頭，都是你，我現在胃炎中，住進九龍醫院啦！＼___／」

我用手機發了這個短訊給王小明。

可是到了晚上，他都沒有回覆。

「豬頭，你也患了胃炎嗎？」

臨睡前，我偷偷再傳王小明短訊。

第二天早上醒來，他依然沒有回覆。

我決定不再傳他短訊。

但心裡開始期待著，一些事情的出現……

家和每天都有前來探我，他連續請了三天假期。

醫生每日來觀察兩次，護士出入無數次。

到了晚上，一個人睡在病房裡，感覺真的有些恐怖。雖然第二天，鄰床來了一位交通失事的女傷者，可惜她一直昏迷，不會說話。

她跟我一樣，沒有其他人來探病。

是的，我還有家和……

而最後，也是由家和接我離開，因為胃炎而住了三天的九龍醫院。

●○◌

出院的晚上，我偷偷瞞著家和，出席阿兒的生日會。

王小明應該會出現的……

我來到卡拉 OK，卻不見他的身影，就只有很多我不熟悉的朋友。

他應該會來的……

「你會買什麼禮物給阿兒呢？」

「不知道啊。」王小明毫不認真地回答。

「怎會不知道啊？」我心裡不信。

「過兩天，你陪我去選吧？」

那時候，記得他在酒吧裡這樣說。

然後，兩天過去了，不知道他最後挑了什麼禮物？

「為什麼在發呆？」

這時候，壽星女阿兒坐到我的身旁，笑著問我。

「沒什麼，」我搖搖頭，向阿兒低聲說：「對不起，這天我沒有準備禮物。」

「沒關係，你今晚有來，我已經覺得好開心。」

「是了……」我環望四周一眼，然後問阿兒：「王小明呢？他來了嗎？」

阿兒一呆，然後笑著說：「你不知道嗎？他今晚有事做，不會來了。」

「他……不會來？」

「他這天下午才打電話告訴我呢。」

我心裡感到茫然了。

之後我和阿兒說了些什麼，我已經沒有太多印象。只記得阿兒接了個電話後，就突然說要暫時離開一會。我也沒有再等阿兒回來，心神恍惚地離開了卡拉 OK。

拿出手機，打電話給王小明。

沒有人接聽。

再撥一次，最後還是被轉接到留言系統……

●○○

「這麼多人喜歡過你，你最後都是怎樣解決的？」

「沒有人喜歡我嘛。」

「但你自己說，經常會讓人對你產生曖昧嘛。」

「曖昧，不一定等於喜歡。」

「沒有一點喜歡，也曖昧不來啊。」

「朋友的喜歡，未必就是等於曖昧的喜歡呀……」

「你別拉開話題！你還未答我，會怎樣處理喜歡上你的人呢！」

「唔……看情況吧？」

「例如呢？」

「看我喜不喜歡對方吧。」

「這不是廢話嗎？」

「唉……也會看對方有沒有另一半。」

「有跟沒有，又有什麼分別？」

「唔……」

「怎樣啦？」

我揚眉。

但王小明只是笑了笑，就沒有再回答我。

●○○

之後，我幾乎沒有再遇過王小明。

而阿兒，就跟一個我與王小明都不認識的男生，在一起……

有一次聚會，她帶那個男生出來，介紹給所有朋友知道；我個人覺得，那個男生看上去有點傻。

王小明應該會不甘心吧？

但是在那次聚會裡，我亦無意中聽阿兒說起，王小明最近交了一個女朋友……

記得那一刻，我笑了，一整晚都在笑。

整個夏季，我都努力在笑。

直到有天，家和忽然捧著戒指，在我的家人面前，向我求婚……

●○○

那一刻，想起王小明說過的話。

淚水終於再忍不住，悄然決堤。

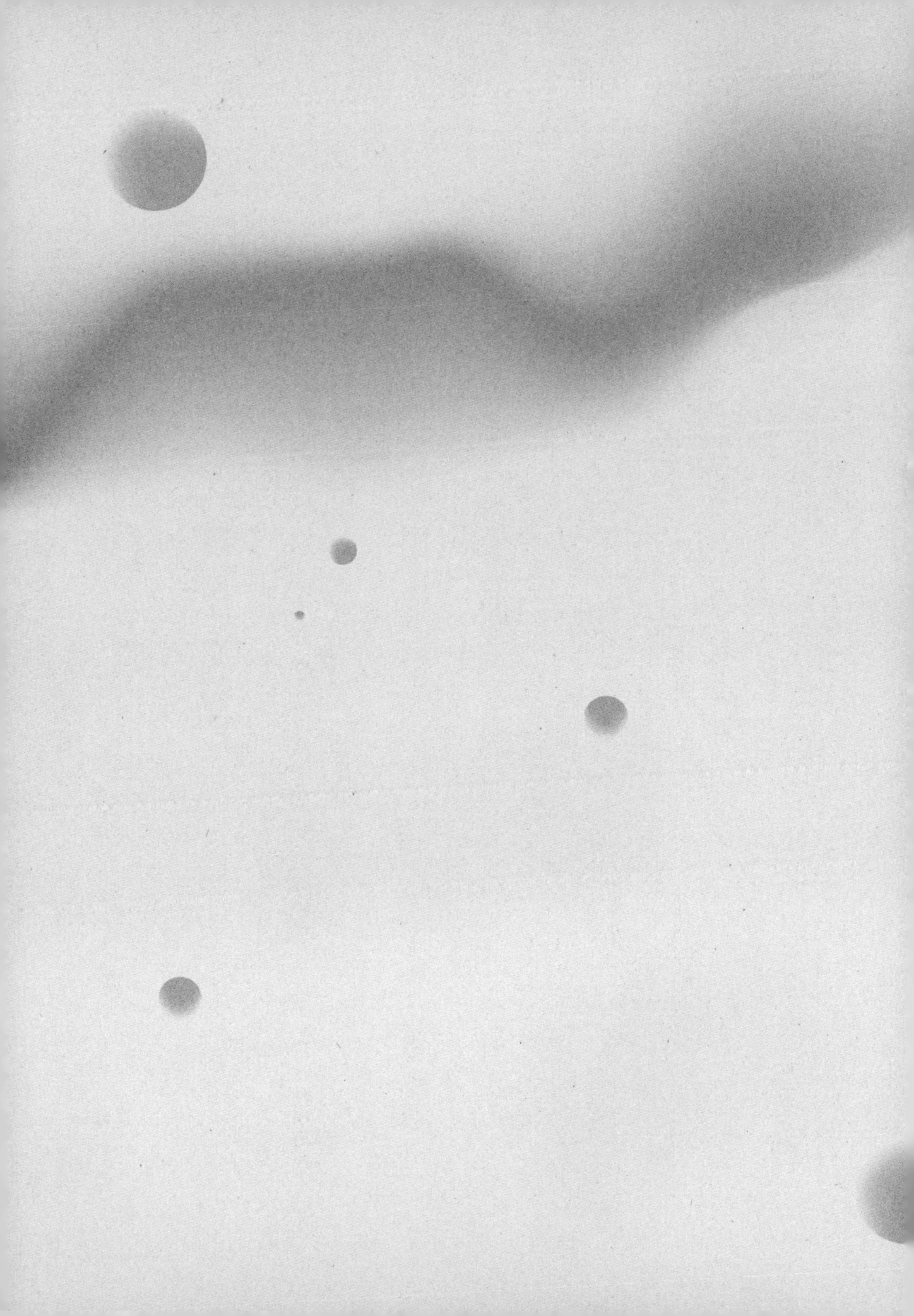

· *Track 05* ·

mebzXfWi87E

在還幼小的時候，父母親就已經向他親授，幼稚園沒教的愛情課。

●○○

「我真的……很愛你的媽媽。」

父親醉著酒，駕著賓士，向坐在旁邊的他說。

四歲的他，只是默默看著車子前方，那一片霓虹夜色。

幼小，思考與言語能力不足，讓他不懂得如何回答。

「如果可以，我多想可以跟她復合……」

但父親仍鍥而不捨的，繼續對他嗚咽低訴。

他繼續無言，可幼小的他還是知道，爸爸這晚真的喝了太多酒。

亦知道，這樣駕車其實很危險。

「可是，可是……你媽媽不肯。」

不過駕駛著賓士的，是爸爸。

自己的撫養權，也歸父親所有。

也因此，自己今晚將會跟往常的假日一樣，被父親帶往某個姨姨的家裡過夜。

●○○

「他又帶你去那些女人的家？」

母親這樣問，語氣有點憤怒，但臉上的冷笑更顯眼。

每次他都會努力注視自己的母親，嘗試記住母親的面容。

因為他每年只有幾天時間，可以見得到母親。

「你不應該喊那些女人做媽媽的。」

母親突然責怪，他有點愕然。

自己的確在某姨姨與爸爸的熱切要求下，喊過對方一聲「媽媽」。

想不到，真正的媽媽竟然會知道這件事。

「她只是你的阿姨，不是生下你的人，這樣叫她……總之就是不該。」

他垂下了臉，沒有作聲。委屈，但不懂說，也不懂哭。

媽媽向來不喜歡自己哭，久而久之，他也忘記怎樣以哭泣來表達感情。

即使是，當他發現自己是最後一個知悉，母親原來已經再婚了的時候。

●○○

雖然他被父親撫養，但他從不跟父親一起住，反而一直都寄住在祖母的家裡。

只因他的父親，從來就沒有一個固定的家。

長大一點之後，他就開始了解到，自己的父親並不真的想有一個正常的家。

否則，不會這星期會到 A 阿姨的家玩，下一星期就會到 B 阿姨的家過夜。

然後當他六歲，某日被帶去 C 阿姨家時，他才知道自己有一個同父異母、跟自己同齡的妹妹。

他終於明白，一直最疼自己的父親，其實就是讓自己得不到家庭溫暖的真正元兇。

●○○

每次見到母親，她都會向他說起，當年他的父親怎樣騙她，怎樣自私，怎樣過分。

幼小的他也明白，是的，是真的過分。

但父親偶爾又會在酒醉時，跟自己細說有多愛他的母親。

「如果愛，那再追回媽媽，不就行了嗎？」

有一次在前往 C 阿姨家的車程中，他忍不住這樣問父親；原因是他不想去C阿姨的家。

不過父親就只無奈笑笑，過了一會，對他說：「長大了以後，記得別亂約會。」

是反省嗎？年小的他並不明白。

數月後，他見到母親，向她轉述了這段對話；母親聽後，又只是慣常地冷笑。

「你的爸爸就只會愛他自己一個。」

是這樣嗎？但他不時偷聽到父親跟不同的姨姨說起「愛」這個字。

如果他只愛自己，那麼他是欺騙那些姨姨嗎？

如果是真的愛，為什麼愛了這一個，又可以同時愛另一個？

如果這是愛，為什麼那些姨姨有時會表現得不快樂？

或者對不同的人來說，愛這個字亦有不同的意義吧？十歲時，他想到這一種解釋。

一個人，一輩子，可以愛上好多人，不論是在不同時期，或是在同一時期。

只是，即使愛過很多，那個人最後也可能最愛自己而已。

不論是爸爸，或是媽媽……

也因此，他漸漸不再像以前般，討厭自己的父親。

也因此，對愛情這回事，有更多的了解，與更多的保留。

●○○

「為什麼要分手？」

中學三年級時，女朋友噙著眼淚問他。

他明白自己的想法，但不知該怎麼解釋，最後只能說：

「對不起。」

「是玩厭了嗎？」女朋友突然這樣問。

他心裡微微愣住，想不到自己會被認為因為這樣的理由而說分手。

雖然從客觀上來說，才約會一個星期就決定分手，被人看成是貪玩也是無可厚非。

但他不懂得解釋，只能再次說：「對不起。」

然後，被女朋友摑臉。

然後，然後，被冠上不認真的罪名。

然後，然後，然後，女朋友就跟之前的男朋友復合，重新在一起。

●○○

是敏感，或許也是多餘的敏感。

如果不去分手的話，這場戀愛也是應該可以好好談下去——就算對方心裡還有舊人。

但他還是選擇了放手。

放手了，就不會繼續向不好的方向發展，就不會變成像父親與那些阿姨一樣的怨偶。

那時他是認真地如此認為，而且在還有機會選擇時先放手，總比最後被迫分手得好。

就好似，父親的 ABC 阿姨忽然在同一年內，碰巧都另結新歡，最後全都離開了父親。

是報應還是早有預謀？他不知道，即使連其中最親近的一個阿姨，也沒有跟他分享。

就只剩下父親每天醉著酒、跟仍未成年的他哭訴。

不過，父親也只是傷心了一陣子，沒多久就在大陸另有新對象，一星期有六日都不在香港。

每次回來，就只放下錢給他，然後又北上不見了人。

●○○

「你就自己一個人住嗎？」

中六時，他帶了一個女同學回家。

「嗯，我的祖母去年過世了，老爸就經常在大陸，所以家裡通常只有我自己一個。」

他倒了杯橙汁給女同學。

「那……你一個人，不是很悶嗎？」女同學喝著橙汁問。

「都習慣了。」他隨便一笑，雖然很多時候，也真的怕家裡只有自己一個人。

因此，他不時都會帶同學回家玩，就算沒什麼玩，只是一起閒聊談天也很不錯。

但關於他花心、有居心、甚至騙色的傳聞，也悄悄的流傳起來。

女同學靜靜的看著他，心裡悄悄的想起了這些傳言。

期待，或等待印證什麼。

但他就只是打開了收音機，然後跟自己隨意的亂談亂笑。

直到天黑了，他送自己到巴士站，他什麼也沒有對自己做過。

●○○

有些朋友經常提醒他，這樣的行為會讓人產生誤會。

「若不是想追人，就不要做這些事了。」

他每次聽見了，就只有苦笑。

其實他清楚知道，自己並不想真的去談戀愛。

比起與女生有更實在的接觸，他反而較享受與女生相處時的感覺。

也許也因為如此，他那時候才會主動向初戀女友提出分手。

「弄到口邊、卻不去吃，你覺不覺得有點可惜、還是可惡？」朋友又這樣說他。

但吃了會有怎樣的後果，他自小又已經見得太多。

因此他一直堅守「寧缺勿濫」主義，寧願自己一個，也不隨便跟女生發展關係。

不過在另一角度來看，他這個人卻又有點「濫」得過分。

●○○

「生日快樂」

十二時後，他用手機傳了這個短訊，給一位今天生日的女性朋友。

女性朋友在沒多久之後，就回他的短訊：

「多謝！想不到你竟然會記得！ ^.^」

「 :) 」

他回了對方一個笑臉，然後打算去睡覺。

卻想不到，女性朋友過不多久就打電話來，問他明天有沒有空。

然後，他就反問女性朋友有沒有人替她慶祝，若沒有，不如請她吃晚飯。

反正也沒有事做，反正只想朋友高興。

然後，兩人在晚上就孤男寡女地去約會。

其實他是察覺到的，那場飯的氣氛有些不同，女性朋友的妝容跟平時有些不同。

但可以怎麼說呢？他不知道，惟有繼續做回平常的自己。

那場晚飯過後，有朋友在他背後流傳說，他乘著那女性朋友生日，去挑起對方感覺。

最後又跟以往的「先例」一樣，曖昧完了，就沒有下文，沒有再找過對方。

他後來聽見了，只能苦笑。

朋友說，如果沒有意思，就不應為她慶祝生日。

那生日是否不應慶祝？他想反問。

朋友說，如果沒有半點意思，又為何會記得對方的生日。

自己就只是真的記性好罷了，他想解釋。

但當出現好幾次類似的情況，每次都被不同的人以不同的偏見誤解，他也放棄再說。

他開始想，有問題的人，可能真的是自己。

●○○

過去，自己的父親身邊有著不同的女人，但父親一直不覺得自己有問題。

或者是自覺的，但從來不願正面去面對。

過去，自己的母親對自己與父親太過抽離地看待，但母親一直不覺得自己有問題。

或者是自覺的，只是也從來不願正面去面對。

不面對，可能會讓自己過得任性一點，過得輕鬆一點。

其實，若然完全正面去與事實對望，人也會過得很痛苦吧？

而且當自己已經習慣了不去面對時，刻意的去改變價值觀，又不是人人所能做到的。

就例如，住在大陸的父親仍然貫徹這種想法，在不屬於自己的地方繼續左擁右抱。

但自己，又應該要這麼想嗎？

雖然，自己沒有欺騙對方、傷害他人。

雖然，每次他都會有一點點罪疚感；他仍然記得那些阿姨背著父親垂淚時的模樣。

但是，也可能是自己想得太多？人家可能也不曾認真吧？

可能就只是普通朋友交往而已。

每次他想到這裡，就會放棄再想下去。

「算了，由他吧。」

每次他都會這樣笑笑開解自己，讓自己將未必存在的問題拋開。

只是後來他卻認識了，一個讓他不能不去面對的人。

●○○

「即是直到最後，你都沒有去探望 Karen？」

Elaine不滿的問，而王小明就只是簡單的搖頭。

「人家跟你喝酒弄到胃炎入院，你都不關心嗎？」Elaine不放過他。

「不是不關心，我沒有探她，不等於我沒有關心。」王小明淡淡的說。

「那為何不去醫院探望 Karen？」

「我有去醫院呀。」

「……有去，但沒探？」

「我只在外面等，見到她的男朋友接她，於是也沒有出現了。」

「……所以如果她的男朋友沒有出現，你就會出現了？」

王小明卻又搖了搖頭。

Elaine 呆了半晌，最後說：「王小明，你好自私。」

「是嗎？」王小明只是微微笑了一下。

「做為朋友，為什麼不讓對方知道你的關心？」

「知道了，可能不好，可能會有更多誤會，那又何必？」

「可能。」Elaine 冷笑，忽然又問：「其實這些年來，你有真正喜歡過一個人嗎？」

「阿兒嘛。」王小明笑說。

Elaine 揚一揚手，追問：「除了她呢？」

王小明不說話。

一貫的輕鬆笑容，輕輕地退卻。

●○○

幾年前，他曾經喜歡過一個人。

有別於平時與女性相處的喜歡，他自己清楚感受到，更勝於初戀那一次的心跳躍動。

那個女生叫思喬，是畢業之後，他在網路上認識的朋友的朋友。

最初他跟思喬並不熟稔，主要原因是，思喬是一個不多話的女生。

一班人聚會裡已經不多話，更何況兩人單獨相處時。

只是，在短訊裡，思喬傳過來的字數，比一個多口的小朋友還要熱鬧。

他都不記得是誰先聊起話興了，總之每日每夜，他都跟思喬在短訊裡聊得不亦樂乎。

從朋友、工作、興趣、生活、愛情、理想都言無不盡。

打開電腦跟對方短訊，已經漸漸變成了他每日生活的重要環節。

然後漸漸地，他們會通電話、約出來見面，一星期會吃四、五次晚飯。

然後再漸漸地，他知道自己喜歡了對方。

可是，思喬本來就有一個，他也認識的男朋友。

兩人惟有處於一個超越好朋友、但又不會到達情人的心理關口上。

最主要的問題，是他不清楚思喬到底喜不喜歡自己。

雖然，她會關心他，會顯得在意他，會經常找他聊天，如好朋友，也如情人。

雖然，他也有以同樣的方式來對待思喬，如好朋友，也如情人。

他開始明白，以前曾被自己無心「挑引」的女生，可能有過的患得患失錯覺滋味。

另一方面，思喬一直仍然跟男朋友在一起，一直沒有表明過自己的想法。

或許在好朋友的層面上，本來就沒有什麼需要刻意表明吧？

但他卻又禁不住期待，有天對方會為這樣的關係確定一點什麼。

可是，如果確定了，這段關係又會變成怎樣呢？

抽離地、客觀地想，他知道思喬不會跟男朋友分手；與此同時，他又想起自己的父親。

他不想做第三者。

也不想成為「好朋友」而漸漸被遺棄。

於是他用上平時對待其他女性朋友的方式，漸漸的，不著跡的，不再跟思喬聯絡。

思喬也像是感應到他的想法，也開始沒有再找他。

以後兩人都沒有再同場出席過任何聚會，他甚至盡量推卻了跟其他朋友之間的應酬。

表面的原因是，他害怕自己真的在有意無意間，錯誤地向其他朋友傳達了曖昧訊息。

真正的原因是，他害怕再有一個像思喬的人，忽然闖入了自己的內心。

所以，當後來 Karen 表現得稍微對他主動一點、在意一點，他就立即將對方摒棄在外。

雖然他也珍惜 Karen 這一位好朋友。

只是朋友的喜歡，他知道，並不一定等於曖昧的喜歡。

●○○

「那我呢？」

Elaine 忽然問道。

「你什麼？」王小明反問。

「如果你說，跟異性發展下去就很容易產生曖昧的話，那我呢？」

Elaine 側著頭，打趣笑問。

「……你問得好怪。」

王小明只能回答。

「不怕也會變得曖昧嗎？」Elaine 做起鬼臉來。

王小明再次不懂回答。

●○○

Elaine 是兩個月前，經阿兒的關係在聚會上認識的。

她的個性有些怪，跟他的隨隨便便不同；經常突然的單刀直入，總會教他手足無措。

就例如，她經常都會在街上碰到他，在他的背上重重地打他一下。

又例如，不知從哪處找到他的住址，然後不定時地寄給他一大堆他不要的垃圾。

甚至乎，像現在這樣子，問他一個在普通朋友之間理應不會問出口的問題。

直接得，讓他有點不習慣；也直接得，讓他感受到意外的心跳。

●○○

「都不可能會曖昧吧，你有男朋友，而我本來也有喜歡的人。」

王小明最後苦笑回答；是的，她也有男朋友。

「又是男朋友，有男朋友就不能發展出曖昧嗎？」Elaine嘲笑。

「不是不能，而是不應才對吧。」王小明解釋。

Elaine 默想了一會，忽然說：「王小明，你可能有些精神上的潔癖呢。」

「潔什麼癖啦？」

「你一方面喜歡跟女生親近，但又抗拒跟女生有曖昧，這種情形實在很怪。」

「有多怪？」王小明無奈地問。

「一般男性是，利用曖昧作手段，去跟女性親近親熱嘛。」Elaine 一本正經地分析。

「……那我呢？」

「你卻像是為了想親近而親近。」

王小明聽見這個似是而非的解釋，有點愣住了。

「或者其實你只是怕自己一個人？」Elaine 笑著打量王小明。

「我都習慣了。」王小明說。

雖然實際的情況如何，他心知肚明。

「喂，你還沒回答我啊。」Elaine 忽然又嚷。

「回答什麼？」王小明皺眉。

「會不會跟我曖昧呀！」

Elaine 邊說，邊作勢要打他。王小明卻不理她，逕自拿起餐桌上的賬單逃走。

●○◌

會不會，他自己也說不上來。

就如，自從思喬之後，他也跟自己告誡過，不要再跟其他女性發生不必要的曖昧。

可是每一次，自己與對方之間，總會或多或少牽起一些迷惑的感覺。

最後，總是不能好好地，繼續成為單純的好友。

與此同時，他其實也想從這些若即若離的關係中，去找回當時一直得不到的答案。

那時候，到底思喬有沒有喜歡過自己？

在與 A 女生的曖昧當中，或許是有的；但在 B 女生的情況下，卻又可能沒有。

有時是，自己給了別人「曖昧」的假象，對方因此為了只求「曖昧」而接近自己。

有時是，對方因為自己的冷待，才會更加要親近自己，說穿了不過是「不甘心」作祟。

有時是，最初自己應該有被對方喜歡過，但後來卻又像是從來沒有喜歡過。

但怎樣都好，他始終不能因此而得到肯定，思喬曾經也喜歡過自己。

越去想，越找到更多可能性，可能也只會讓自己越感到迷惑而已。

或許，這樣不斷地去尋找當時的真相，他明白，其實也算是一種執迷。

都經過這些年了，對方喜不喜歡自己，又有什麼重要？

但為了那個模糊不清的答案，自己可能又為別人惹起過多少不必要的誤會。

為了一個不一定需要知道的答案，自己為別人留下更多沒有答案的問號，然後重複去犯相同的錯……

想到這裡，他又再想起了自己的父親。

●○○

「爸，我回來了。」

打開門，踏入父親在廣州的家，王小明見到父親正獨自一個人坐在露台處。

父親沒有應他，就只是拿著香煙看著夜空吐霧。

王小明從客廳搬了張椅子到露台，坐在父親身後，問：「複診了沒有？」

「複了。」父親沒有回頭，咳了一聲，說：「肝酵素還是一樣，酒不能喝。」

「也少抽一點煙吧。」王小明說，從茶几上的紅萬寶路中騰出一根煙來點。

「你妹妹早幾天來過。」父親又吹了一口煙。

「是嗎？」王小明也默默呼了一口煙，問：「張姨呢？」

「出去打麻將了。」

「嗯。」

「你回來幹什麼？」父親問，轉過頭來看他。

又老了，王小明察覺到。

「爸，有個問題，一直都想問你。」

「什麼問題？」

王小明輕呼一口氣，問：「你有想過，自己為什麼會這樣花心嗎？」

父親斜眼看著他，淡淡反問：「你覺得我很花心嗎？」

「至少比一般人要花心啦。」王小明苦笑。

父親沒有開口，過了良久，才輕輕嘆了口氣，算是當作了回答。

「這麼多女人，有想過誰才是你的最愛嗎？」

王小明再問父親，同時間又記得，自己的母親批評過，父親就只會愛他自己。

但這次父親默想了好一會，才回答：「應該是你不認識的人吧。」

「也不是媽媽？」

父親搖了搖頭，忽又輕輕微笑一下，說：「那個阿姨其實你也見過，在你十二歲的時候，我帶過你跟她一同去吃西餐。」

王小明一愣，記憶中像是有過那樣的一幕，但是他已經不記得那個阿姨的樣貌。

「那個阿姨是住在英國的，年輕的時候，我們經常一同四處去闖。」父親繼續唸說，似是回味著過去的歲月。「只是我們有緣無分，她跟家人移民去了英國，而我卻又沒有能力追過去。」

「真……想不到呢。」

王小明這樣說，一直以來，他以為父親心裡認定的「最愛」，應該是媽媽或 C 阿姨。

「人，有時真的實在不了解自己。」父親弄熄了香煙，又從煙包掏出另一根來點燃。「以為第二個可以替代原本失去的一個，怎知原來替代不了，然後直到第二個離去了，後來的那一個又替代不了原先的一個。」

「那，為何不停止去追下一個女人呢？」王小明又苦笑。

「因為習慣了啊！」父親瞪著他說。

「所以，因此，即使後來那個去了英國的阿姨回來了，即使你可能還喜歡她，但你也沒有意思再去追回她吧？」王小明淡淡說，雖然這才是他真正最想要問的問題。

「你……我都有兒有女了，還怎去追人？」父親尷尬地反駁。

「別拿我們作藉口啦。」王小明微笑搖頭。

「你就當是藉口吧，不過，可能你也說對了……」父親忽然笑了一下，說：「就如我也從來沒有真的去追回，你的媽媽。」

「算吧。」王小明揮揮手，因為他見到父親的眼中竟帶著歉意。

「那……你這次回來就只是想問我這些問題？」

王小明又再搖頭，卻也沒有答話，只繼續陪他抽紅萬寶路，抬頭觀賞夜空。

想想，自己其實也真的太久沒有陪伴，其實也害怕一個人的父親。

●○◌

「王小明。」

「又怎樣了？」

他回答，今晚不知為何，自己又再次在街上被 Elaine 碰到。

其實或許都不應該用「碰」這個字了，當一星期至少會被「碰」到兩次或以上。

「你要去哪裡啦？」Elaine 笑著問。

「做義工。」

「是嗎？你們義工還請不請人呢？」

「你想做義工嗎？」他奇怪地看著 Elaine，過去從沒朋友向自己提出過這樣的問題。

「不是想做義工，只是想見到你。」Elaine 笑說，但語氣相當認真。

「……小姐，你有男朋友的呀。」他苦笑，不知為何自己會認識一個這樣的女生。

但 Elaine 忽然拿出手機打電話，等了一會，對另一邊說：「喂，張志力，對不起，我要跟你分手了，真的對不起，謝謝你一直以來對我這麼好，拜拜。」

然後，她掛上了線；他看著她，啞住。

「現在不會再有男朋友的這個問題吧？」Elaine 吐吐舌。

「但……」他又啞著了好一會，又好一會，最後終於想到了一直以來所用的擋箭牌：「我……喜歡阿兒的呀。」

Elaine 沒有笑。

雙眼認真的，對他說：「王小明，阿兒早就告訴我，你其實是她的哥哥了……」

王小明啞了，完完全全的啞了。

他利用阿兒跟他的姓氏不同這一個盲點，佯稱阿兒是自己暗戀的人、作為自己的「擋箭牌」已經好幾年，一直相安無事，並為自己免卻很多誤會，但想不到自己的妹妹最後竟然這樣出賣自己。

「你喜歡我嗎？」

Elaine 又說，雙眼定定的看著他。

「我喜歡你呀。」

聽著這句表白，王小明微微的吸一口氣。

心跳，再次清楚的躍動。

自己已經很久沒有親耳聽過「我喜歡你」這幾個字。

雖然這些年來，與無數人有過許多被稱為「曖昧」的關係。

會曖昧，也許是因為未愛；但當知道了自己已經喜歡上對方，很多人還是會選擇跟對方繼續曖昧。

是因為不知道對方想法，是因為無謂令彼此受傷，是因為……

回頭看，原來大家也一直給予太多的理由或藉口，讓自己不去說出「喜歡」。

「你喜歡我嗎？」

她看著他，依然在等他的答案。

其實若真有愛情課的話，第一課要教的，也許是要學懂好好說出這兩個字。

「喜歡。」

王小明這樣說。

Elaine 微微抬頭，有點得意地，笑了。

· *Track 06* ·

不捨

BbWJIp5ciBc

「有沒有想過，怎樣向對方提出分手，才是最好？」

「……不明白你想問什麼。什麼提出分手才是最好？」

「即是說，怎樣分手才不會為對方造成傷害……」

「是異想天開嗎？」

「你認為不可能？」

「根本就沒有不帶傷害的分手。」

「為什麼呢？」

「要分手，大多數因為是其中一方已經變心吧？這本身就已經會為對方造成傷害。」

「那麼……如果對方同樣都變心呢？那對方也不會感到太多傷害吧？」

「……我仍是那一句，這是異想天開。」

「是嗎？」

他繼續問，一雙眼看著遠處。

她不作聲，只是輕輕的搖頭。

●○○

讀大學的時候，他試過對一個女同學表白。

是他十多年人生以來，唯一一次的表白。

也是第一次成功向女生表白。

「可不可以做我女朋友？」

場景是快餐店裡，當時對方正啜著可樂，而他自己也沒有閒著，口裡仍在嚼著薯條。

毫不浪漫，完全即興。

後來回想，他自己也不明白，為何會選擇在那個時候跟對方表白。

其實在此之前，他根本就沒有想過要跟對方表白、甚至是發展任何關係。

雖然那段時間，自己時常與那個女生談電話直到夜深……

雖然那段時間，自己下課後最常和那個女生四處遊玩……

或者是因為，在過去他從未試過與一個女生這麼親密過。

親密得，一份麥當勞快餐，麥樂雞、薯條、汽水也可分甘同味。

於是就在那一刻，他腦裡生出了一個念頭——既然大家相處得這麼好，何不試試在一起？

於是，如此這般，他就咬著薯條，向對方表白。

後來那個女生答應了他。

那個女生，叫綺玲。

●○○

後來他與她，一起了三年。

●○○

對於他竟然會和綺玲走在一起，寶怡從一開始就已經不甚看好。

「你其實不是真的喜歡她吧？」

寶怡抽著煙，毫不客氣的問他。

「我覺得自己很喜歡她啊。」他用手撥開寶怡噴過來的煙霧。

「那請你分享一下，你喜歡她的哪個部分呢？」

「……喜歡一個人，就是喜歡她的全部，哪會只喜歡她的部分。」

「藉口。」她冷笑。

「那你說，你又喜歡你的男朋友什麼？」他反擊。

「很簡單，我喜歡他不會管我。」

「……你的才是藉口吧。」

●○○

寶怡是他的表姐，雖然她其實只是比他年長幾個月。

兩個人是自小就一起玩、一起成長，不過長大了後，彼此的性格卻大相逕庭。

例如，他好靜，她卻好動；他做事比較專注，她就比較花心。

每次親戚聚會，他與寶怡最常談起的，就是她最近又跟男朋友怎樣分手。

「上次不是說 Kelvin 不錯嗎？為什麼會分手？」

「不喜歡，就分手囉。」

她看著大驚小怪的他，想笑。

「你們在一起了有沒有一個月……」他啞然。

「那又怎樣呢？」她嘆氣。

「你是真的有喜歡過他嗎？」

「當然有啦，唉。」

「那……為什麼分手？」

「你又重複問……我都說了，是不喜歡嘛！」寶怡有些厭煩。

「他對你不好嗎？」

「也不算是不好。」她頓了一下，又補充：「只是他實在不懂得管我。」

他忍不住苦笑，說：「你上次才說，你喜歡他是因為他不會管你……」

「不會跟不懂得，是兩回事呢……算了，你不會明白。」她搖頭。

「……那麼，有試過跟他提出這問題嗎？」

「沒有呀。」

「……不可惜嗎？」

聽到他這樣問，她忍不住看著他，反問：

「就算可惜，但勉強喜歡下去，又會好嗎？」

●○○

他不知道，寶怡這個問題是不是另有所指。

但是他實在不明白，既然都一起了，為什麼又會輕易地提出分手。

就算彼此相處時有問題，就算大家的性格未能互補，也應該想方法去溝通、解決……

很多人都是這樣說的。

如果喜歡一個人，就應該可以包容對方的缺點、不足。

如果夠喜歡一個人，就更應該能夠無視種種問題、全心全意地繼續喜歡下去。

很多人都是這樣說的。

所以，他也會用這種態度，去喜歡綺玲這個女朋友。

例如，假期時綺玲喜歡穿短褲或短裙上街，但因為是她喜歡，於是他接受了。

而且事實上，他也覺得她穿得好看。

又例如，綺玲很喜歡交新朋友，有時會因為與朋友玩樂，逛街逛到很晚也未回家。

不過，她總是會很有交代地、會主動向他報告行蹤，所以他也接受了……

即使他心裡其實不太喜歡。

他也有向綺玲提出這些問題——雖然嚴格上來說，晚上逛街不可說是嚴重問題，但是……

「如果你不喜歡，那我以後就不晚上逛街吧。」

綺玲微笑著回答他，沒有顯得一絲不願。

按理說，聽到這樣的回覆，一般會感到高興才是。

但是不知為何，他的內心卻沒有太多喜歡。

●○○

「我早說過，你不是真的喜歡她。」

寶怡一臉得意的說。

「你憑什麼如此認為呢？」他沒好氣，說：「只是一剎那的不快感覺罷了。」

「那你當時為什麼會不快呢，請問。」寶怡不放過他。

「我沒有說我不快樂呀！」他強調。

「但是你的女朋友這麼溫柔體貼地回應你啊……」

「是嗎？」

寶怡看一看他的臉，說：「但是你的臉上沒有高興的表情，那麼就自然是不高興啦。」

他不回答，過了一會才問：「如果你是她，聽到我這樣說，你會怎麼回應？」

「回應什麼？……是不喜歡我常晚上逛街嗎？」

「嗯。」

「也許我會說，那下次不如我們一起出外吧？」說完寶怡冷笑了一下。

「……你這人。」他嘆氣，說：「怪不得你的男朋友都要跟你分手。」

「張先生，有兩點我想糾正你。」

「……請說，李小姐。」

然後寶怡一臉正式的說：「第一，每次分手都是我提出的，請不要混淆事實。」

他沒好氣：「我知道、我知道，是你主動分手，不是別人主動嘛……」

「第二，」她打斷他，認真地。「我的例子，不一定能夠應用在你的女朋友身上。」

聽到寶怡這一句話，他的心驀地停住。

●○○

其實他自己也明白，寶怡的答案最多只能夠作為參考。

假設綺玲當時真的回答、不如下次我們一起晚上逛街吧，他也不會想去她朋友的聚會。

但是不知為何，他當時就是想知道，寶怡會怎麼回答這類問題。

即使對於解答，那一次因為綺玲的回應而生出的不協調感，並沒有太大幫助……

「在想什麼呢？」

坐在身旁的綺玲問道。

「呃……沒什麼。」他勉力笑了一下，將視線從小巴車窗外，放回到她的臉上。

「待會我們去哪裡？」綺玲笑著問。

「唔……你想呢？」他反問。

「隨你喜歡吧。」說完，她一頭鑽進他的胸前。

近來，他們在下課後，經常都會坐小巴或巴士遊車河。

最初是他提議，去其他沒去過的地區遊玩。

漸漸地，這變成了當他想不到去什麼地方約會時，唯一的建議。

以前，只要放學後，他腦海就會冒出無數念頭，跟她嚷著想去哪、想玩什麼。

現在，腦袋彷彿閉塞了，還是覺得所有地方都沒有趣味，去不去，已經沒有分別。

不如早點回家更好。

但是，他知道綺玲想見自己，想與自己多黏在一起。

他知道……

「那麼，我們到底要去哪裡？」

綺玲抬起眼笑問。

他緊緊的摟著她，沒有作聲。

●○○

「你跟你男朋友，平均隔多少天才見一次面？」

在親戚的婚宴上，他這樣問寶怡。

「唔……兩至三天吧。」寶怡一邊用手機回短訊，一邊回答他。

「有試過每天都見面嗎？」他繼續問。

「你不是還沒有跟那個女生分手吧？」寶怡驚訝的問。

「為什麼我們要分手？」他沒好氣。「你先回答我的問題吧。」

「……如果剛剛在一起不久，就可能會時常見面。但是我也會有自己的事情要做，不可能每天都見面啊。」

「要做什麼呢？去認識其他男生？」他揶揄。

「你真的很八卦。」寶怡冷笑，忽然看著手機，厭煩地罵了一句粗話。

他一愣，只見寶怡二話不說挽起手袋，匆匆步離婚宴廳。他忍不住追出去，然後見到寶怡在酒樓門外的轉角處，跟一個男人在吵架。

「我不是說過，我們已經分手了嗎？」寶怡對那個男人怒喊。

「才一個月就分手，有沒有這麼兒戲？」男人失笑追問。

「你不是這個月才認識我吧？你應該了解我是一個怎樣的人，我不喜歡勉強的事，就不要勉強我吧！」

男人忍不住追問：「那你為什麼當初要跟我在一起？那時候我有勉強過你嗎？」

「先生，那時候是那時候呀！」寶怡冷笑一下，續說：「任何人和事，總是會一直在變的！」

「……你覺不覺得自己有點過分？」男人受傷地說。

「……你覺不覺得自己有點婆媽？」寶怡厭煩地說。

男人像是受到了刺激，大力掌摑了寶怡的臉。一直站在遠處看著的他，見到男人突然動手，連忙走過去他們身邊，大聲喝問：「喂，你幹嘛打女人？」

「關你什麼事？」男人看著他，像是想起了什麼，轉頭冷冷問寶怡：「就是他嗎？」

「關你什麼事呢？」寶怡撫著自己的臉，無奈地回答。

男人不作聲好一會，突然撇過頭，轉身走了。

「他……好像哭了吧？」他看著男人的背影，問寶怡。

「我只知道我的臉好像腫了。」寶怡苦笑。

「喂……他會不會誤會我是你的新男朋友？」他也苦笑著問。

「張先生，你未夠資格囉。」說到最後她忍不住嘆氣。

「……一直以來，你都是這樣跟男朋友分手的嗎？」

「這樣？」寶怡反問，指指男人剛才離去的方向。「打女人？」

他失笑一聲，又點點頭。寶怡卻搖一搖頭，說：「也不全是這樣。」

「還有其他的情況嗎？」

她看著他，沉默了一會，說：「回去吧。」

然後別過臉龐，走回酒樓裡去。

●○○

後來，他將這一件事，告訴了綺玲。

「你表姐還真是……」

綺玲想了好一會，最後對他只是吐一吐舌，因為她不知道該怎麼形容才算合適。

「真是古怪？」他替她接下去。

她笑笑搖頭，說：「不過，可以像她那麼乾脆，其實也真是難得。」

「但我覺得她的男朋友好慘。」他嘆氣。

「為什麼呢？」

「在一起才一個月，就這樣子分手了。」

「但是她已經不喜歡那個人嘛？」

「說是這樣說。」他又重重嘆一口氣，沒有再說下去。

「你……」綺玲看看他，欲言又止。

「怎麼？」他回過頭來。

「你彷彿很心痛的樣子。」

「有嗎？」他愕然。

「沒有。」她笑笑搖頭，然後說：「是了，我們待會去哪裡呢？」

最近他開始感到，綺玲常常會用這個問題，來將話題帶開。

而偏偏，自己對這個問題，也越來越沒有頭緒。

最初，是去沒去過的地區遊逛。

漸漸，是去大家都喜歡去的地方一逛再逛。

但始終，那些地方去得太多，有天也是會厭倦，漸漸又會變得不想再去。

於是他們開始會經常上對方的家。

不過他們家裡通常又會有其他家人，不方便之餘、家裡其實也沒有什麼好玩。

結果，兩人的節目，不是在彼此家裡一起看書、上網、打遊戲機、擁著睡覺，就是出外漫無目的地遊離浪蕩。

他不知道綺玲對這樣的安排，其實會不會感到沉悶。

但他心裡可是清楚知道，不想再這樣下去。

●○○

「沒有地方沒有節目，你們可以選擇不約會的。」

寶怡呷了一口檸檬茶，無奈地嘆氣。

「那就不要見面嗎？」

他反問她。

「為什麼一定要見面呢？」寶怡繼續嘆氣。

「但是……我們以前都是每隔兩、三天就會見面嘛。」

她看了他一眼，問：「張志力，其實你明不明白，什麼才是談戀愛？」

「願聞其詳。」

「兩個人談戀愛，熱情過後，就是會經過冷靜期嘛，一段戀愛總不可能無時無刻都會親密刺激、永遠像最初在一起的那些時候。」

他默默想了一下，忍不住笑道：「這番話由你說出口，很沒有說服力啊。」

寶怡啐了一聲，從皮包取出化妝袋，又對他說：「若你自己真的感到勉強，其實就應該要坦誠地讓對方知道吧。」

他又再默然了。

「其實……你是不是真的喜歡她呢？」

這個問題，在他與綺玲在一起了兩個月的時候，其實他就已經問過自己。

是不喜歡嗎？但他說不出綺玲有什麼地方讓他不喜歡。

她善解人意、溫柔體貼，除了有時比較古靈精怪外，大體來說她是一個不錯的女朋友。

應該，會喜歡才是。

但是當與她在一起時，他時常都會感到一些不協調的感覺。

「生日快樂！」

第一年他生日時，綺玲送了一條手織頸巾給他作禮物。

當他拆開禮物，見到頸巾是灰白色，是他喜歡的顏色，也是他那時候原本最想要的衣物。

他知道，是細心的綺玲留意到了。

但是她卻不知道，他原本是看中了某間服飾店的灰白色頸巾、並打算遲些就會去買。

「喜歡嗎？」綺玲微笑著，替他圈上了頸巾。「我織了兩個星期呢！」

「喜歡。」他努力笑著回答，雖然並不是，十分喜歡。

第二年，他收到了變形金剛柯柏文的豪華版超合金玩具作禮物。

他以前曾經對綺玲說過，自己小時候是多麼想要一個柯柏文的玩具超合金。

雖然說是玩具，但價錢不菲，他知道，而且在外面也很難買得到。

可是綺玲還是找得到了。

可是……

「喜歡嗎？」綺玲興奮的笑著問他。

「喜歡。」他依然努力笑著回答。

可是，自己早就已經過了會沉迷玩具的年齡。

其實他知道，綺玲不是不關心自己、不去了解自己，大概比起任何親友，她是最肯花心機與時間去了解自己的那一個人。

只是，就總是覺得差一點、差一點點……就連他自己也說不清楚的隔閡與距離。

不是不喜歡，但就不是很喜歡。

還是，其實那就是屬於「不喜歡」？

如果真的喜歡，應該會由衷感到高興及滿足才是。

如果沒有不喜歡，自己就不應該會一直想著這些問題……

●○○

「你會那樣想，而且還想了不短的時間，就即是代表你已經不喜歡她吧。」

寶怡邊對著鏡盒補妝，邊繼續向他唸說。

他搖頭反駁：「但是我們在一起的時候，也是很快樂啊。」

寶怡冷冷一句：「相處時快樂，就不等於擁有愛情的喜歡。」

他為之語塞。

「你喜歡她的什麼呢？」寶怡問。

「她……善解人意……體貼溫柔，活潑可愛，樣子也不錯……」他邊想邊說。

「咦，都是幾乎跟我相反呢？」寶怡輕輕笑了一下。

他微微一愣，心裡一想似乎也是這樣，於是呆呆地看著面前的寶怡。

寶怡像是感受到他的目光，臉上竟然也有點紅，過了一會才說下去：「你記不記得，以前你是數不出她的優點，還對我說，喜歡一個人是應該要喜歡她的全部嗎？」

他又再說不出話來。

「為什麼，不跟她分手呢？」

寶怡又再這樣問他，他又默然了好一會，才說：「有沒有想過，怎樣向對方提出分手，才是最好？」

「……不明白你想問什麼。什麼提出分手才是最好？」

「即是說，怎樣分手才不會為對方造成傷害……」

「是異想天開嗎？」

「你認為不可能？」

「根本就沒有不帶傷害的分手。」

「為什麼呢？」

「要分手，大多數因為是其中一方已經變心吧？這本身就已經會為對方造成傷害。」

「那麼……如果對方同樣都變心呢？那對方也不會感到太多傷害吧？」

「……我仍是那一句，這是異想天開。」

「是嗎？」

他苦笑一下，看著遠處茫然。

寶怡看著他，輕輕的搖頭。

●○○

其實他也知道，根本就沒有不帶傷害的分手方式。

不論是否有人變心了，但一段關係突然中斷甚至完結，就一定會有人不快樂。

但他本來並不是想要讓綺玲不快樂。

可是撫心自問，他過去也沒有盡力讓她快樂過。

雖然他對寶怡說，自己跟綺玲相處時是很快樂。

只是那些快樂，有多少是經過自己用心去付出、建立與維繫，他卻心中有數。

「這天開心嗎？」

這是他最常問綺玲的一句話。

每次，他都會暗暗留意綺玲怎樣回答，以及她的神情。

每次，她都會溫暖的笑著說：「開心呀。」

真的開心嗎？

自己其實也沒有為她去特別做些什麼。

為什麼她會覺得開心？

然後他又不禁反問自己，為什麼自己心裡也不覺得滿足？

反而更有一點點的，心虛感覺。

●○○

「要不要教你一些分手心得？」

寶怡收起鏡盒，向他笑問。

「心得？」他感到啼笑皆非，又說：「我以前也問過你，但你從來都沒有答過我。」

「那現在你想不想聽？」寶怡沒好氣。

「想、想聽。」

「最簡單的一種，就是約對方出來見面，直接說分手。」

「這好像沒什麼特別嘛？」

「是沒什麼特別，但至少你是有親身向對方交代，以顯示你的誠意。只是你也要有心理準備，可能大家要默言相對好幾個小時，又或是對方可能會當眾大哭大叫、不肯讓你離開，然後落得路人視你為賤男的下場。」

「聽上去好像很糟糕。」雖然他覺得綺玲應該不會這樣，應該。

「所以，很多人就會選擇另外一種方式，就是突然玩失蹤。」寶怡拿出唇膏塗一塗嘴唇，接著說：「然後就要硬起心腸，不接聽對方電話、不回覆所有訊息，將對方的LINE與臉書封鎖，拒絕再與對方來往、等對方知難而退。」

「這樣做……不是很不負責任嗎？而且這樣突然不再往來，對方一定會覺得很難受吧？」

「是呀，但這方式的其中一個好處，就是你不會知道對方有多難受。」

「……你有試過用這方法嗎？」

「有時。」寶怡不看他，回說：「如果對象太過痴纏的時候。」

他忍不住苦笑了。

「其實，向對方提出分手，本來就是一種自私的行為。」寶怡輕輕的說，看著他。「但換個角度，如果能夠處理得當，那也可以算是自己所能給予對方的最後一點溫柔。」

「我不明白。」他感到一陣茫然，說：「怎樣也好，負心的一方始終是不對吧？」

「為什麼負心就是不對？」寶怡問。

「……我不知道。或許，如果是變心了，那還是情有可原，但我的情況呢，又不是喜歡了別人。」說完他微微苦笑。

「為什麼你想得這麼複雜呢？」寶怡也苦笑。

「還有其他的分手方式嗎？」他問。

「還有嗎……唔……以前聽朋友說過，有人跟自己女朋友說患了絕症，只剩三個月壽命，於是叫對方不要再等自己、叫對方死心。」

「……那是真的嗎？」

「當然是假的，只是女朋友信以為真，無奈地同意分手了。」寶怡忍不住笑了一下，又說：「可是半年後，她在街上見到自己的男友竟然未死，而且還牽著另一個女生；她實在不能接受，自己喜歡的男生原來是這樣的一個賤男，差點就忍不住去自殺了。」

他聽得一臉不以為然，罵道：「那男人真的很壞呢，為什麼要說謊？」

「但有時說一個謊，卻真的可以輕易讓對方死心。」寶怡說到這裡，忽然從對座移坐到他的身旁，並挽著了他的手。

他一愣，還沒清楚發生了什麼事，卻見一個自己不認識的男人，走到了自己的座位面前。

男人看了看自己，又看了看身邊的寶怡，過了良久，苦笑問了一句：「這就是你的新歡？」

他心裡一嚇，臉上還沒來得及反應，寶怡已經回答：「是啊，你現在都見到了，有什麼還想要問嗎？」

但男人只是搖搖頭，苦笑一聲，然後轉身離開了。

他看著男人離開餐廳，忍不住問仍挽著自己手臂的寶怡：「為什麼要說謊？」

寶怡放開他的手臂，側過頭看著他，輕輕的，反問：「那麼，跟一個自己已經不喜歡的人繼續在一起，跟對方說仍然喜歡對方，其實不也是一樣，正在向對方說謊嗎？」

●○○

如果這樣子的自己其實也是等於說謊。

那麼他這個謊話，原來已經說了超過一年以上。

欺騙她，讓她繼續做自己的女朋友，欺騙她，讓她以為自己是一個感情穩定的男朋友。

為什麼這樣子？

當寶怡拆穿、自己一直所作的其實也只是一場謊話，他忽然明白到，一直以來內心的那種心虛，原來是為了自己沒有坦誠對待綺玲。

雖然，自己一直在綺玲面前做好男朋友這個本分，但是他始終沒有向她交出真心。

他沒有告訴她，自己其實並不是跟她一樣，那麼認真地喜歡著自己的另一半。

有時即使她未能明白他的想法，又或是她與自己的相處出現不協調、不同步的情況，他都會因為自己沒有向她真正坦承這個原因，而不會對她表現出任何不悅或不滿；但同時間，他也沒有再嘗試向對方坦白說明自己的感受與想法，結果讓彼此的隔閡變得越來越深。

縱然表面上，大家是相處得那麼融洽。

但最初，自己理想中的戀愛，兩個人在一起應該要互相溝通、補足、一同成長，他已經再無力去堅持。

其實，自己是早就放棄了再跟對方去同步，寧願以謊言來讓彼此的關係延續下去。

只是這樣子，又可以延續到什麼時候？

一年過去，兩年過去，他不知道這段關係，還可以延續到哪一年、哪一月。

或許有天她會找到她另外喜歡的對象，或許有天她會先自己一步，提出跟自己分手吧？

到時候，自己就笑著答應她，祝福她，讓她好好的離開。

而在那一天來臨之前，自己會繼續好好飾演，男朋友這一個角色。

或許這就是寶怡所說的，自己所能給予對方的，最後的一點溫柔吧？

或許。

●○○

然後，在第三年第四個月零二十一日。

他接到了綺玲最後的一個電話。

「張志力，對不起，我要跟你分手了，真的對不起，謝謝你一直以來對我這麼好，拜拜。」

●○○

那一天，是六月二十八日，他很清楚記得。

那是因為，他掛線之後，拿起自己的手機再三確認，想知道自己是否聽錯了電話。

可是手機的螢幕，清楚寫著六月二十八日晚上八時三分、由 Elaine Tsang 撥出的電話。

其實對方剛才都有說是「張志力」了，而且他也的確就是張志力本人。

張志力，張志力。

她很少會這樣喊，自己的名字。

平時最多是叫「力力」、「阿力」、「志志」，偶爾也會叫自己「張先生」。

張志力，反而很少聽到。

但是他記得，自己曾經聽她這麼呼喚過自己。

是在什麼時候呢？

那一定是在說，很重要的話的時候。

●○○

「喂。」

「嗯？」

「對不起，這一年，我沒有準備生日禮物給你了。」

「……哦，不要緊啦，只要你陪我慶祝生日，就已經很足夠了。」

「真的不要緊嗎？」

「真的，我很開心。」

「……喂，張志力。」

「……嗯？」

「其實……我還是有準備生日禮物給你。」

「……是嗎？是什麼來的？」

「你真的想要嗎？可能你不會喜歡的。」

「想要，只要是你送的，我一定會想要。」

「……張志力。」

「唔？」

「你真的好傻。」

說完，她雙手摟著他的頸項，將臉埋在他的肩膊裡。

那一點濕潤的暖意，在他肩上默默地蔓延。

●○○

後來，她送了一張卡片，作他的生日禮物。

卡片上面，只寫著兩行字。

「

Login：CheungChiLek

Pw：Iamsorry

」

他問過她，這兩行字代表什麼意思。

但那時候的她，只是笑笑沒有回答。

後來他對著卡片想了一會，想不出所以然來，於是也就放棄再想。

之後，卡片被他放在抽屜，他也漸漸淡忘了這一件事。

但是如今，因為她呼喊自己名字的關係，他忽然想起了這件往事。

也忽然明白了，那兩行字的真正意思。

回到家裡，他立即從抽屜裡，找出了那張卡片。

然後開動電腦連上網路，登入自己與綺玲也常用的電郵網頁，在 Login 處輸入「CheungChiLek」，再輸入密碼「Iamsorry」。

螢幕立即出現變化，換成了進入郵箱的頁面；他看到收件箱裡，有一封未閱的電郵。

發出時間是四月二日，他生日那一天的凌晨。

主題是，對不起。

●○○

「

謝謝你，願意做我的男朋友。
雖然我知道，
自己做不到你心目中最喜歡的那一個人，
雖然直到這一刻，
我仍未能夠讓你更加喜歡我……
但謝謝你始終堅持，伴我走到了這一天。
今年你的生日，抱歉沒有為你準備生日禮物，
因為怕你會不喜歡；
惟有祝願你會找到真正的幸福，與想要的快樂。
謝謝你，張志力。

With Love

Elaine

」

●○○

那一晚，張志力反覆看了這封電郵，很多很多遍。

一邊回看，一邊回想與綺玲有過的點點滴滴。

直到第二天清晨，直到，一切都似乎可以變得麻木了。

合上眼，他感到自己的眼裡充滿了莫名的溫熱。

曾經他以為，自己在這一天，會可以笑著祝福她離開，去尋找屬於她的幸福。

但是原來對方早已比自己先給予祝福。

但是原來，這一天自己還是會那麼的感到不捨。

●○○

「結果，我們終於分手了。」

第二天，他約了寶怡出來見面，向她說明了綺玲所做過的一切。

寶怡卻一反常態，沒有太多的話，總是「嗯」、「唔」的回應。

「只是想不到，原來還是會覺得有點痛呢。」他又自嘲一下，看見寶怡支吾以對的神情，忍不住問了：「你這天怎麼啦？你不是一向贊成我們分手嗎？」

但寶怡只是微微笑了一下，不說話。

他一臉不解的看著她。

過了良久，良久，她終於開口，說：「昨天呢，我跟Kelvin 說了……」

「又是分手嗎？」

他忍不住失笑了一下，雖然他不知道 Kelvin 是誰。

但是寶怡搖一搖頭，輕輕的說下去：

「我跟他說，答應他的求婚。」

他愣住，本來在笑的臉，漸漸的退卻。

腦袋，也再無法好好思考下去。

他只知道，自己心裡充斥著一種感覺。

一種似乎昨天才感受過、但卻更加深刻沉重的痛……

「你會祝福我嗎？」

想開口，想搖頭，想挽留。

想微笑，想祝福，想不下去……

但如今他終於明白，不捨這種感覺的真正滋味。

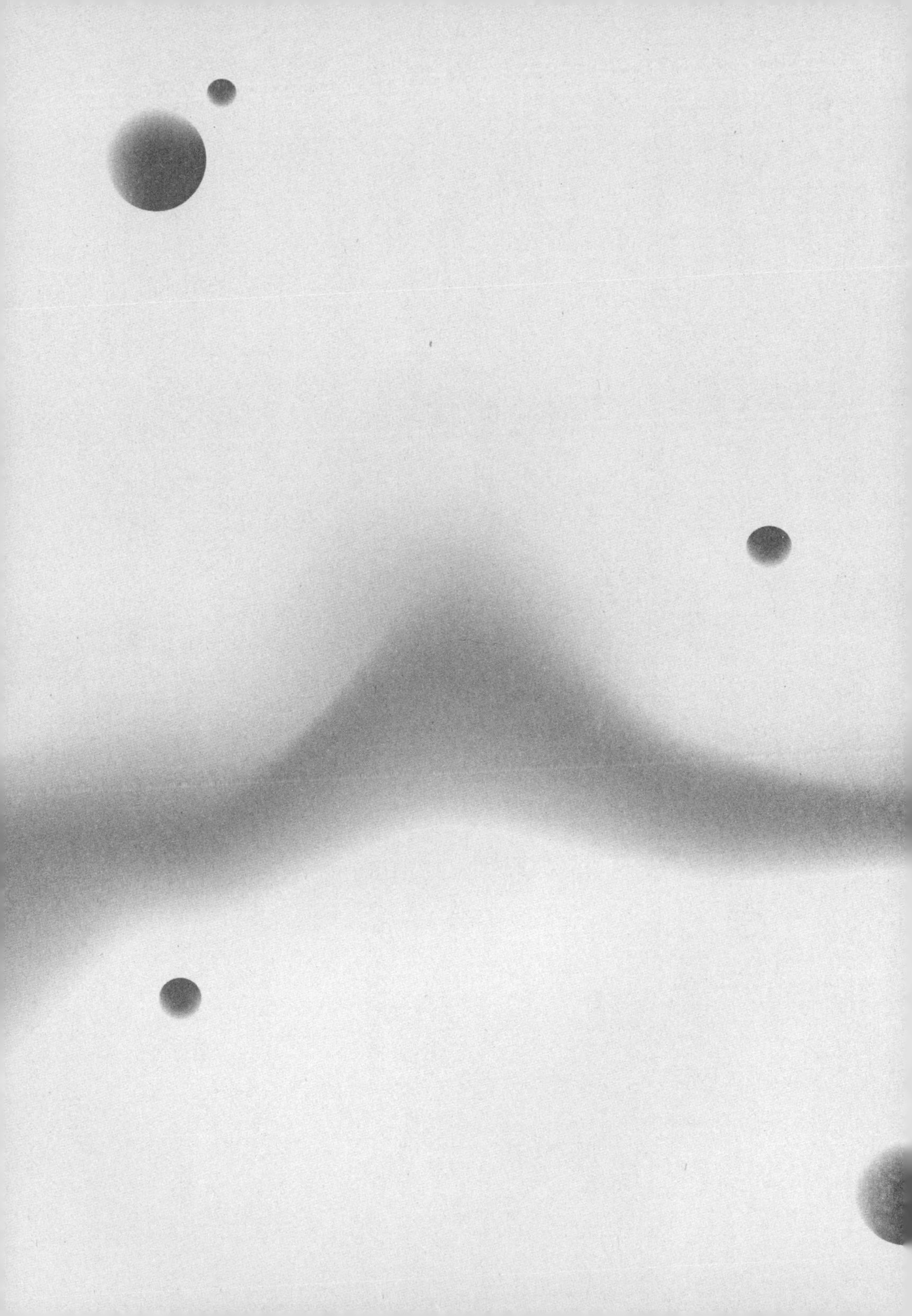

· *Track 07* ·

改變

3BHjwUDczPI

以前 Kelvin 對戀愛的態度，並不太認真。

朋友都笑他花心，但他覺得自己只是換女朋友換得比較頻繁而已。

如果可以，他也想跟同一個對象長久發展下去。

只要那一個人，不會勉強要他改變的話。

●○○

「為什麼你總是這樣自私？」

以前的女朋友們，經常這樣罵她。

不是批評，是罵。

「你第一天才認識我嗎？」他總是會這樣的回應。

「難道你就不可以為我改變一點點？」

「為什麼我要為你改變？」他搖頭冷笑。

「……你到底是不是認真喜歡我？」

「喜歡你就要改變，那我要變到什麼時候？」

「你真的好自私！」女朋友拋下這一句話，然後轉身掩臉哭奔。

他繼續低頭苦笑，心裡慶幸這次沒有被摑巴掌。

為什麼總是這樣，為什麼兩個人戀愛，就要被對方改變，甚至變得不再像是自己。

要定時報告行蹤，短訊收到後就要立即回覆，不可以跟別的異性單獨見面，甚至是臉書也不可以有舊情人的出現……

他有過太多這樣的女朋友，每次最後也都是不歡而散。

她們總是想改變他，他總是不想被改變。改變這兩個字成為他的戀愛裡最常出現的問題。

當最初兩人在一起、在蜜運的時候，彼此還沉醉在新鮮的快樂當中、對方還未想要太過改變自己，他可以是一個很好的情人，不少人也稱讚過他的溫柔與細心。

只是當蜜運期過去，兩個人個性與生活上本身的各種差異，開始會引起摩擦的時候，每當對方想要一起傾談彼此的問題、希望讓彼此能夠相處得更好的時候，他就會開始覺得透不過氣。

對方越是要求，那無形的束縛就彷彿變得越來越緊。

Kelvin 總是會想，如果太輕易答應了對方的要求，自己以後就有可能不能夠再自主，甚至要受到對方支配；那又何必因為一些其實不重要的小問題，而要向對方屈服？

與其自己勉強為難地改變，不如堅持自己的一套價值觀，這才合乎自己理想的做人宗旨——做人總是要活出自我，貫徹始終。

但理想歸理想，卻沒有太多女朋友明白他的想法。

每次尚未開始去傾談彼此的問題，他就早已經逃得遠遠，或是不接聽對方的電話、不去見對方。

然後沒有聯絡，自然又會讓對方開始更加胡思亂想，會想其實他到底是否認真，會想他是否已經另結新歡。然後不安、疑惑、逃避、冷淡這些元素持續發酵，直到Kelvin哪天終於不想再逃避下去、願意跟對方稍微談一談的時候，對方的感情不是早已經被洗磨淡化，就是態度變得更加歇斯底里，很多時候結果都是不歡而散，又或是變成更漫長的冷戰。

●○○

「其實你有想過嗎，問題是出在你自己的身上，而不是你的女朋友太苛刻？」

阿樂一邊沖洗咖啡杯，一邊回過頭說。

「為什麼又是我的問題？」Kelvin 皺眉，將剛泡好的咖啡交給服務生。「你又想說你的那一套，當有問題時應該先反省自己、再看看是不是自己做錯了什麼嗎？」

「做人是應該如此呀。」阿樂笑笑，將洗好的咖啡杯放好。

「你這樣做人是太愚笨。」Kelvin 一臉不屑。

Kelvin 跟阿樂是咖啡店的同事，兩人共事了兩年，已經變得十分友好，平常大小事情大家都會拿出來亂聊或說笑。

「你還是不察覺自己的問題嗎？」阿樂的笑開始變成苦笑。

「其實簡簡單單不就好了嗎？兩個人在一起，為什麼要對方為自己改變太多，自自然然不就是很好嗎？」

「相處自然是好的，但前提是要好好溝通嘛。」

「我不是不想溝通，但每次一談，她們就想我改變。」Kelvin 嘆氣。

「她們通常會想你改變什麼？」

「都是雞毛蒜皮的事，例如準時回短訊、不能已讀不回，一次都不可以，唉。」

「我見你常常都很快就回覆短訊。」阿樂瞄瞄 Kelvin 的手機。「不過說回頭，也是要看時候。」

Kelvin 問：「什麼看時候？」

阿樂笑道：「你只會在剛剛與對方在一起的時候，才會很快地回短訊。」

Kelvin 答不上話來。

「其實你不是不願意為別人去改。」阿樂做個鬼臉，定下結論：「你只是不夠喜歡對方，然後很快就會放棄而已。」

●○○

是因為不夠喜歡對方嗎，Kelvin 從來沒有想過這些問題。

說不喜歡，他覺得並不是這樣，始終他也是喜歡對方、才會跟對方在一起，只是他的個性不喜歡被管束，只是每次這些問題都會令彼此爭吵、讓他漸漸變得不再喜歡對方而已。

因此他的戀愛大多都不長久，雖然每次他也會不開心、對戀愛感到失望，只是他的外表並不太差，平時也有很多機會認識異性，所以戀情總是一段接一段、幾乎沒有靜止期。

縱然很多時候，最後都是發展成同一種結局，縱然每次其實他都沒有給予太多時間讓自己反思，自己在處理感情關係上，其實是不是真的存在著問題。

如果一直這樣下去，大概自己也是不可能跟另一個人好好發展、甚至成家立室吧？漸漸他心裡也開始會有這樣的認定。

戀愛這個項目，在他的人生裡似乎不可能會修成正果。

所以與其為另一個人去勉強自己改變、苦了彼此，倒不如著眼於眼前的快樂，生活可能還會更輕鬆？

然後越是這樣去想，他與每個女朋友的關係始終都脫不開那種迴圈。

他不是不自覺的，但是他也沒有為此讓自己再去煩惱太多。

只要不期望太多，就不會太失望。

直到，他偶然認識了寶怡。

●○○

「我不喜歡我的男朋友太管我。」

在一起了沒多久，寶怡就已經跟他如此聲明。

Kelvin 有點呆住，因為之前從沒有一個女朋友，會跟他說這樣的話。

「你不喜歡我管你嗎？」Kelvin 微笑著向她確認。

「不喜歡。」寶怡爽快的回答，但眼裡滿是笑意。

「我也不喜歡被人管。」他看著她，覺得有些有趣。「我們這樣算是天生一對嗎？」

「是嗎？」寶怡不置可否，繼續說：「希望你是真的明白吧。」

「我明白的，我也不喜歡被別人勉強。」

「勉強些什麼呢？」她反問。

「要我去做一些我不喜歡的事。」他笑答。

「例如呢？」

「你之後就會知道的了。」他抬頭想了一下，又補充：「不過還是不要知道得好。」

「裝神秘，誰稀罕？」寶怡向他吐舌。

●○○

和寶怡在一起，Kelvin 嘗到了從未有過的輕鬆感覺。

不像其他女生那麼敏感，她本身就是一個爽快明朗的人，有什麼話也不會藏在心裡，想說什麼就說什麼，想做什麼就立即去做，不像別人總是會猶豫太多，到最後什麼都沒有做到。

但行動快，又不代表她沒有經過思考。

「今晚想去哪裡吃飯？」

看完電影後，Kelvin 在戲院外問她。

「沒什麼特別想吃，你呢？」她反問他。

「唔……不如吃壽司？」

「好呀。」說完，她就拿出手機按鍵。

「你做什麼？」

「訂位嘛。」她笑答。

「咦，你訂哪一間店？」

「就是你喜歡去的那間嘛。」她看著他笑，然後給他看手機螢幕，螢幕顯示的手機訂位 app，就是他喜歡的那一間壽司店。

她是如此善解人意、心細如塵，Kelvin 一直都覺得很神奇，自己為什麼會交到這樣的一個女朋友。

如果換成是其他女生，大概要再花上更多時間去互相猜度探問，最後才會知道對方這晚想吃些什麼，甚至不可能會變成去自己喜歡的那間壽司店。

當然他也知道，並不是所有女生都是那樣不乾脆，但他也沒有想過自己會幸運地遇上寶怡，而又會讓他如此心動喜歡。

只是，他有天終於發現到，她之前曾經向他預告過的那個問題。

●○◌

「昨天晚上，為什麼找不到你？」

吃飯的時候，Kelvin 裝作不經意地問寶怡。

「沒什麼，我和朋友去喝酒而已。」她回答得輕鬆平常。

「但我找了你幾次，你都沒有接聽電話。」

「我當時和朋友在聊天嘛。」寶怡看看他，嘆了口氣。

「我明白，只是也會擔心你。」說完這一句話，他自己也覺得有點婆媽。

果然，寶怡這樣回道：「又不是小孩子，我會照顧自己的了。」

「嗯。」他只能這樣回應，不想破壞本來的好氣氛。

只是他開始會想，為什麼情況會變成如此。

相比起自己的不愛被管束，寶怡可能有過之而無不及。

如阿樂所說，當情投意合的時候，Kelvin 還會為對方去作一定程度的改變；但寶怡卻是天生的不愛被束縛，不論什麼時候她都我行我素，完全捉不住，這種從未遇過的體驗，竟然讓他有一絲不安。

然後，當類似的情況出現得越來越頻密，從和朋友去喝酒、變成到朋友的家去過夜、甚至忽然去了外國旅行，而很多時候他都不是第一個知道的人、有時還是很晚才被通知；那點不安終於演變成不安全感，自己竟然嘗到了，以前女朋友跟他訴說的那種滋味。

●○○

「哈哈，這就叫做風水輪流轉？」

聽完 Kelvin 的告解，阿樂忍不住取笑。

「也許是吧。」Kelvin 竟然回以苦笑。

「你好像很煩惱呢？」阿樂繼續幸災樂禍。

「她昨天發短訊跟我說，不如分開一下。」

「分開？」阿樂有點意外，問他：「為什麼呢？」

「我也不知道。」Kelvin 一臉無奈。「其實是不是我太過逼她了？」

「你怎樣逼她？」

「我也不知道，只是平時若找不到她，之後就會問她去了哪裡而已。」

「你會經常打電話找她嗎？」阿樂笑問。

「你也知道我不喜歡每事過問。」Kelvin 搖頭，又說：「但我不知道，這樣的次數對她來說是否就叫做太多……」

「哈哈，你開始會自我反省呢。」

Kelvin 無言，將原本沖好的咖啡倒進垃圾桶裡。

過了一會，阿樂又問：「那你有答應她分開嗎？」

「我沒有回她。」

「其實你是應該要問一下原因嘛。為什麼想分開，是因為淡了、是因為相處不好、還是有其他原因……」

「其他原因？」

「……例如喜歡了另一個人。」

Kelvin 又再無言。

「那你有什麼打算？」

「還可以怎麼打算？她都說要分開一下。」

阿樂看了看他，說：「你還是一樣，沒有改變呢。」

「沒有改變什麼？」Kelvin 問。

但是阿樂卻逕自走去洗手間，沒有再回答他的問題。

●○○

他不知道，寶怡是不是有其他喜歡的人。

但如果她是喜歡另一個人而要疏遠自己，Kelvin 卻覺得可以接受。

按照他的好勝性格，自己是應該要很不甘心才對。但他又會想，如果她是因為另有新對象、問題並不是源於自己，那麼情況還會簡單一點。

即使，還是會覺得很難受。

只是他還是不知道，自己為什麼會被她捨棄。

如阿樂所說，其實自己是應該去直接問寶怡真正的原因；但是當下那刻自己就只是想逃避去問，想不到自己竟然會害怕知道答案。

寶怡說不如分開一下，他之後就沒有再主動找過她。

他原本是想，過一星期之後，才再打電話給她、看看情況會不會有好轉；但當他想起，自己以前的女朋友，也曾經試過在分手後想與自己復合，而當時的自己就只會覺得厭煩……每當想起這些往昔，他就會開始變得猶豫了。

他以前沒有這種經驗，不知道應該怎樣去追回另一個人，也不知道，自己是否應該要認真去追回她。

如果按照自己之前既定的人生劇本，自己對愛情其實是應該抱著放棄的心態，就算最後會不歡而散，那就再找另一段感情關係就好，又何必讓自己為一個人變得太過在乎，然後讓自己變得越來越不像自己……是了，何必因為另一個人而要勉強改變自己？

寶怡一定也不會想，因為別人而去改變自己、受到管束……

但是自己並不是真的想要管束她呀，Kelvin 心裡苦笑。

他只不過是希望，她會多點在乎自己的感受而已。

●○○

「我不是說不在乎，但我說過的，我只是很怕被管束，其實在最初我就已經有告訴過你。」

最後一次見寶怡時，她如此對 Kelvin 解釋。

「所以你不想我管你？」

他無奈地問。

「你不明白……我喜歡你，但是我們都太自我，都不會輕易為對方改變。」

寶怡看著他，輕輕地說。

他真的不明白。

「其實你並不算很管束我，你是我所認識的男朋友當中最不管束我的一位，但對我來說，你的管束還是會有壓力。可能是我本身真的有問題吧，只是你也沒有留意到自己的問題。」

「我想我真的不明白。」Kelvin 說。

「我不想被你去改變，你也不會因我而改變，在這樣的前提下，我們繼續在一起會快樂嗎？」她呼了一口氣，又說：「雖然我一直相信，只要大家心裡有著對方，只要夠喜歡，那就已經很足夠了。」

Kelvin 聽見這句話，心裡有一點似曾相識的感覺。

很像以前，自己跟前女朋友們說過的話。

「我不是不在意你，只是為什麼不可以讓大家自然一點地相處？」

「與其兩個人勉強在一起卻不快樂，那為什麼不放過彼

或許不要勉強這天繼續去做朋友，對你們來說也是一種解脫呢

此，讓各自能夠好過一點？」

而自己所謂的自然一點相處，其實不過是希望以自己本來習慣的方式，去跟另一個人一起生活，不想改變自己去遷就別人。

那麼，寶怡也會是這樣想嗎？若是如此，那麼按照他的人生理念，這好像又是無可厚非。

是的，彼此都是同一類人。

但越是這樣去想，他越是覺得不快樂。

越不去找她，越覺得自己錯過了什麼。

之後的日子，Kelvin 都沒有再結識新的女朋友，或與其他人發生曖昧。

人變得沉默了，很多時候阿樂找他說話，他也只是用單音回應。

然後直到有天，他在一家餐廳偶然遇到寶怡。

她的身邊坐著一個男人，一個外表平凡的男人，他沒有想過自己竟然是輸給這一個人。他走到他們面前，苦笑問了一句：「這就是你的新歡？」

寶怡回答：「是啊，你現在都見到了，有什麼還想要問嗎？」

他搖搖頭，苦笑，讓自己轉身離開。

一直走，一直走，走到連自己都不認識的地方，一恍神才發現，天色原來已經暗下來。

　　可心裡難受的感覺，卻變得比之前更加強烈。

●○○

　　原來，當看到你跟別人在一起，才真正知道自己是有多麼喜歡你，喜歡到，會遺憾自己太遲才明白、以前不夠努力，喜歡到，好想你能夠快樂幸福、好想可以從頭再來……

　　原來，以前自己不願意去為對方改變，不是全因為對方的要求太多、會太過違背自己的生活方式，而很可能只是因為自己不夠喜歡對方，或不夠認真，也不懂得，如果想讓大家快樂地一起走下去，直到白頭，是需要一同思考、感受、經歷、分享，而不能只是一直單方面地任性、逃避、跟隨感覺、輕易放棄……

　　不是要將自己改變得完全沒有了自我，只是不願意一同去改變，是不會開創到讓兩個人一起去走的路，也不能夠從對方的角度去感受到，自己所給予的，其實是否讓對方真正覺得快樂。

　　原來自己是太遲才發現這些事情。

　　還可以從頭再來，還可以再將她追回來嗎？

　　但是她已經另有別人，她已經不再喜歡自己……

●○◌

「希望你們會快樂幸福」

他在手機裡，打下了這一句短訊。

想送她一聲祝福，最後的祝福。

只是那發送鍵，卻始終按不下去。

在一旁的阿樂瞄了瞄他的手機，忍不住說：

「不捨得，就去追回人家嘛。」

Kelvin 微微一愣，抬頭問：「還可以追嗎？」

阿樂嘆氣，說：「沒有誰決定可不可以的，你只需要問你自己的真心吧。如果你真的覺得她是如此重要，如果你是這麼喜歡她的話……」

「就算明知會輸，也不可以輕易放棄。」Kelvin 將話接下去。

「你好像有點開竅了。」阿樂繼續嘆氣。

Kelvin 微微苦笑一下，吸一口氣，然後拿起手機，直接撥電話給寶怡。

不一會電話接通，寶怡接聽了：「喂。」

「是我。」

「有什麼事？」

「你現在在哪裡？」

「我在哪裡，又關你什麼事？」

「是不關我的事……但有些話，我很想當面親口告訴你。」

過了一會，寶怡問：「為什麼一直以來都沒有找我？」

「我以為，你不會想我找你。」

「那現在為什麼又來找我了？」

「因為我發現，自己不能失去你。」

「……我是屬於你的嗎？」

「……我知道你不喜歡被人管束，但我會為你努力的，做一個讓你願意被管束的人。」

然後兩人沉默了，又過了好一會好一會，她才問：「這就是你本來想要跟我說的話嗎？」

「呃……」

「那還有什麼事需要當面談嗎？」

「還有還有！」

「還有什麼？」

「我很想見你。」

「……笨蛋。」

然後兩人又沒有再說話了。

只是阿樂一直偷偷看在眼裡。

這不可笑，你只是被這個朋友暫時拋棄而已

過了一會，Kelvin 拋下頸巾、衝出了咖啡店，阿樂為手中正調製的咖啡，畫了一個心形的拉花。

· Track 08 ·

猜心

E1VMbRrf96Q

「y6n4foww」

那天，她忽然傳給我這個短訊。

「？？ 是什麼來的？」

我回她。

「 =) 」

她就只是回我這個笑臉符號。

我看著那個不知道是什麼意思的短訊，呆想了好一會。

「喂，想不明白啊，是什麼意思？」

半小時後，我投降了。

「給我一點提示吧 OTL」

我再按鍵問。

但是，她依然只是回我笑臉「 =) 」。

以後每一次我問她，她都只是給我這張微笑的臉。

●○○

以前跟 Crystal 交往，她就很喜歡與我用短訊來猜謎。

不過與其說猜謎，不如說就只是我一個人在猜，她給我的暗號。

「n a ^ ol ！」

這是她傳給我的第一個暗號短訊。

那時我未看過電影《志明與春嬌》，只是我早已在網上看過這種暗號。

將訊息倒轉來看，就是「i love u」。

「幹嘛，你向我示愛嗎？」

我這樣回她，心情有點緊張。

「咦，你怎麼知道的？」

一分鐘後，她這樣回覆。

「哼哼，又怎可能難倒我 :p」

「那麼這一個呢：HI7BE7OF2」

我看著這堆怪碼。

展開了第一次的解碼旅程。

●○○

「不就是我愛你嗎？」

陳開心看了不到三秒鐘，就這樣下了結論。

「我不是說第一個短訊啊，是說最後的那一個。」

「你是說這一個嘛。」他指著手機裡的「HI7BE7OF2」。

「是呀……這個也是『我愛你』的意思？」

陳開心看一看我，問：「你平時是用什麼輸入法的？」

「九方。」

「怪不得。」他笑了一下，說：「其實這是速成輸入法的拆碼。」

「呃，速成？」我滴汗。

「如果在鍵盤輸入 HI7，就會顯示『我』字，如果輸入 BE7，就會出現『愛』字，之後 OF2 就是『你』了……」

「這麼無聊！」

「是呀，是這麼無聊。」他將手機拋回給我，又說：「有人向你示愛，你不開心嗎？」

「你說 Crystal？她才不會向我示愛的……」我失笑。

「為什麼不會呢，我看你們還常常一起約會見面。」

「她有另外喜歡的人啦。」

「咦，那是誰呢？」陳開心一臉奇怪。

我看著他，然後搖了搖頭。

●○○

我、Crystal、陳開心、曹巧兒都是讀同一所中學的同學。

由中一開始我們已經同班，直到高中畢業各散東西，但我們還是一直有保持聯絡。

我知道 Crystal 喜歡陳開心，是自畢業之後開始的。

「為什麼你會喜歡他？」

還記得，最初知道她的暗戀對象是陳開心時，我心裡的那種失望滋味。

「為什麼不可以喜歡？」她卻回我一個無奈的苦笑。

「他這個人總是那樣不認真，哪適合談戀愛？」

「談戀愛怎樣分適合不適合呢？」她反問。

「最起碼……你該找一個認真的對象嘛。」我也苦笑了。

「應該如何認真？要像你這樣的過分認真嗎？」她給我一個鬼臉。

我無語了，該怎麼向她說明……

她繼續說：「我也沒有想過要跟他在一起。」

「為什麼？」

「以後我們會越來越少見面吧，大家會有各自的社交圈子與生活，他會認識新的朋友，甚至有新的對象，就算以前再親近再友好，也是以前的事、不會永遠延續下去，最多只能成為日後偶爾的回憶感嘆而已。」

聽著她這樣的感言，我也不由得靜了下來。

她說的，是自己與陳開心的情況。但我看著她，這又何嘗不是我與她將來的發展？

「那你也可以多點約他出來嘛，做為中學同學。」

「就只是我與他嗎？感覺好突兀呢！」她笑。

「那我不也是和你依然在見面嗎？」我反問。

她沒好氣：「誰叫我們讀同一間大學呢！」

「……那我們將來，也會這樣嗎？」

「怎樣了？」她望一望我。

我別過臉，沒有回答她。

或者該說是，我不敢再繼續說下去。

●○○

為什麼我會喜歡她呢？

有時我也會問自己，其實她有什麼值得我喜歡。

她這個人，外表不算可愛，而且也不乾脆，就連向喜歡的人表白也沒有勇氣，而且最大的問題是，她這個人太喜歡猜心……

「1-8　2-9　1-9　3-4　1-3　1-6　1-9　1-7」

上課的時候，她又傳來了這個短訊。

「這是數學題嗎？ -__-」

「你覺得呢？ :p」

我偷偷將訊息抄到筆記簿上，然後又繼續偷偷地按鍵問：

「有沒有提示呢？」

「如果 2-1 = a，3-5 = b」

「那 c 呢？」

「3-3 = c」

3-5 = b，但 3-3 = c？我感到腦袋要爆炸了。

「這真的是數學題嗎？ =___=」

「XDDDDD」

「不會又是『我愛你』吧？」我靈機一動。

「那為什麼是『我愛你』呢？笨蛋 :p」

被一個文科生的人說我是笨蛋，有沒有搞錯！

……但怒歸怒，最後我還是拆解不了這組密碼的解法。

●○○

「你真的很笨嘛！」

陳開心這次不到兩秒，就將手機拋回給我。

「你一看就明白了？」我訝異，他以前的數學成績並不怎麼好啊！

「想喝什麼？」他沒有回答我，只是走到料理台前。

「……普通的凍咖啡就好。」我看著他，茫然。

陳開心畢業後，沒有去讀大學，做過兩份工，然後不知哪裡得來一筆錢，開了一家樓上咖啡店。

他這間店平時沒有太多客人，他說開店並不是為了賺錢；但每次去找他，都只見他在店裡無所事事，實在令人妒忌。

「為什麼你一看就會明白？」我又再問他。

他將凍咖啡放到我面前，說：「你有試過看著鍵盤來嘗試拆解嗎？」

「鍵盤？」我呆了。

他不答，逕自拿出 notebook，然後指向鍵盤上的「I」字。

「一般的鍵盤，英文的字母鍵都集中在其中三行裡。」

「是呀。」

「那，如果由 QW 開始這一行，是代表第一行，AS 這一行是第二行……」

我隨著陳開心移動的手指看下去，開始明白他想說什麼。

「那麼，第一行的第八個字母，就是 I 了。」

「即是 1-8？」我大叫。

他沒有回答，就只是微笑看著我。

我知道我猜對了，1-8 並不是數學題，原來只是鍵盤上的排位位置。那麼 2-9 就是 L，1-9 就是 O，3-4 就是 V……

1-8　2-9　1-9　3-4　1-3　1-6　1-9　1-7

其實就是等於 I L O V E Y O U，即是，又是，我愛你……

原來又是我愛你，唉。

「為什麼你一看就會明白？」但我還是忍不住又再問陳開心，這種解碼方式，相信沒有幾多人能夠想到，能一眼看穿的人實在是天才。

陳開心沒有回答，就只是饒有意味地看著我。

過了好一會，他才回答我：「你以為我是第一次看到這種暗號嗎？」

我恍了一下神，突然間，我明白他的真正意思了。

●○○

「其實你跟陳開心平時也有聯絡嘛？」

晚上，我在 WhatsApp 裡問 Crystal。

「是呀，你怎知道？」她「在線」了好一會，才這樣回答。

「你有將你的 I L O V E Y O U 讓他看吧？」

我輸入，心裡有點莫名的生氣。

「咦，你終於知道怎麼拆解了？～～」

「是陳開心告訴我的……」

「哦，原來如此」

「那你有用這組暗號來向他表白嗎？」

「沒有呀，為什麼我要向他表白？」

為什麼？因為你喜歡的人是他呀。

「我都不知道，原來你們平時有聯絡」我這樣輸入。

「就只是偶爾在 WhatsApp 裡聊天而已 =)」

「不試試約他？」

「他有叫我去他的咖啡店，哈哈」

「那就去嘛」我呼氣。

「不去了，怪怪的」

「你不去，才真的是怪怪的」

「為什麼你這麼想我去呢？」

我看著她這個短訊，默然。

是呢，為什麼我這麼想她去陳開心的咖啡店？

她去了，就會跟陳開心有說有笑吧。

她去了，就會跟他見得更多。

然後會有下一次，再下一次，更多次。

然後，就會漸漸沒有空閒的時間，我跟她會漸漸減少聯絡。

包括這樣的用短訊來往，也包括偶爾在大學裡的偶然碰面……

「你喜歡他嘛，那就應該試著放膽去追，太害怕，就什麼都做不來了」

我說。

「我也說過嘛，其實現在這樣子，我覺得已經足夠了 =) 」

她回答。

「又怎會足夠呢，只是看著他的背影，他也是不會留意到你的心意」

我苦笑，忽然覺得這句話，其實就是在說著我自己。

「有時候，有些心意並不是勇敢表示了，就會有好結果的」

「那也只是有時候，你別看太多那些療癒散文，教壞人」

「你很勇敢呢～～」

我笑了，其實我一點都不勇敢。

「我也只是表面勇敢而已 :p 」

「給你再猜一個暗號吧，如果你猜到，我就會去表白」

「還要猜？」

「nDchQNPuA0k」

「……有提示嗎？」

這次我不覺得自己有可能猜得明白。

「這是一首歌來的呢」

但 Crystal 就只留下這一句話，然後離線了。

●○○

然後，過了好幾星期，我才無意中猜到，原來這是 YouTube 內一首歌的網址裡，其中的一部分。

https://www.youtube.com/watch?v=nDchQNPuA0k

YouTube 內每一段影片，都會有一個獨立的網址，而最後的十一個字、亦即「watch?v=」之後的部分，都與其他影片有所不同。

所以，如果是「rFsn1tzhcHk」，那就是等於光良的 MV〈第一次〉。

「6xc3dHjPje0」，就是周杰倫〈說好的幸福呢〉。

千萬要留意，英文字母的大小寫，不能有差別。只要打錯一個字，就會變成另外不同的影片、或是錯誤的連結。

而「nDchQNPuA0k」呢……

就是梁靜茹的〈勇氣〉。

為什麼我會猜到？

那是因為，每次我上陳開心的咖啡店，他都總是在放這一首歌。

然後有一次，我終於忍不住問他，這一首到底是什麼歌、為什麼要一播再播。

他就只是將 notebook 放到我的臉前，讓我看到這一個 YouTube MV……

●○○

如果我的堅強任性　會不小心傷害了你

你能不能溫柔提醒

我雖然心太急　更害怕錯過你

●○○

「我猜到了，勇氣 ;) 」

夜深，我傳了這個訊息給 Crystal。

過去幾個星期，我在大學裡都沒有遇見過她。

我們是就讀於不同的學系，以前也多數是她主動找我。但這幾個星期卻一反平常，很少收到她的訊息，有時想約她，她也是沒有回覆、或最多只是單字回應。

是忙著要做畢業報告吧？但我沒有想過，她會忙到這種程度，竟然連碰一面的機會也沒有。

我放下手機，猜想她可能又要好一段時間後才會回覆我，但想不到才剛放下，手機就響起了訊號聲。

「真厲害呢，你竟然猜到 =)」

是她。我馬上回覆：

「也沒什麼厲害，只是碰巧找到了竅門」

「是什麼竅門呢？ =)」

「沒什麼」

不知為何，我不想讓她知道是因為陳開心。

「是呢，最近你好像很忙呢」我說。

「對不起，你找我有事嗎？」

「其實也沒有，只是想起你而已」

然後，她就沒有回覆了。

我看著手機，看著她個人資料裡的照片。

有多久沒真正見過她呢，其實也只是幾星期而已。

但我知道，以後我們會越來越少機會見面。

以後，我就只會成為她人生旅途中的一位中學同學、大學同學，不會為她留下特別深刻的回憶，也不會有什麼值得讓她在來日提起，不論是有趣的、或是傷感的，我們只是彼此人生中的一個過客。以後，可能還會在舊同學的聚會裡碰面，又或者，就只會在彼此的婚禮裡才會再重遇，然後說聲恭喜，然後再沒有其他。

以後，再沒有以後。

「是了」

忽然，她傳來了這一句。

「你好像就快生日了，是吧」

「是嗎，我都沒特別記住」

「想過怎樣慶祝嗎？」

「沒想過」

雖然我是這樣回覆，但心裡還是因為她會記得我的生日而嚇了一跳，然後不知道突然哪裡來了一股勇氣，我對著手機輸入了這一句：

「你會為我慶祝嗎？ :p 」

這次她沒有立即回覆，過了很久很久，她才傳來這個訊息：

「y6n4foww」

然後，她再沒有說其他話了。

「？？ 是什麼來的？」

我回她，同時間到 Google 去搜尋這組字串，都找不到相關的資訊。

如果這組亂碼原來也是 YouTube 的網上影片，只要到

Google 搜尋，就一定會找得到答案。

但是這次沒有。

「 =) 」

她回了我這個笑臉符號。

我看著那個不知道是什麼意思的短訊，呆想了好一會。

「喂，想不明白啊，是什麼意思？」

半小時後，我投降了。

「給我一點提示吧 OTL」

我再按鍵問。

但是，她依然只是回我笑臉「 =) 」。

以後每一次我問她，她都只是給我這張微笑的臉。

以後，她再沒有回我其他的訊息。

●○○

y6n4foww

這組字有英文字母，也有數字，但不規律，好像 YouTube 連結裡最後的那種編碼。

但它應該與 YouTube 無關，只是我不知道是哪個網站的編碼而已。

也許總有一天，我會找到它的真正意思。

只是，Crystal 也越來越少回應我，甚至是最後沒有回應，即使只是笑臉符號也好。

還有，學期差不多要完結了，我竟然一次都沒有在校內遇上她。

幾乎已經有一個多月沒有見過她，我心裡開始感到不平常。

直到有一次，在學校大堂遇見她同一學系的同學 Julia，我再也顧不了唐突或尷尬，走過去問 Juila：「今日你有見到 Crystal 嗎？待會你們會到哪裡上課？」

Juila 卻沒有立即回答，只是直直的看著我，讓我心裡有點不自在，她卻忽然說：「Crystal 申請了退學，你不知道嗎？」

「……為什麼退學？」

「你也不知道原因嗎？」Julia 反問。

「她……沒有跟我提起過。」我聽見自己這樣說。

「是嗎，我們也覺得很突然呢……」

Julia 後來還說了些什麼，我已經沒有太多印象。

只知道，自己一直走一直走，拿出手機打電話給 Crystal，但是竟然未能接通。

再打，也一樣，一直打一直走一直打一直走……

然後，我想起了陳開心。

不知為何，心裡突然有種預感，陳開心會知道這一切的答案。

於是我走上他的咖啡店，只見他就坐在料理台前，單手托腮，出神地看著大門，但一看到我，就換了另一副表情。

一副像是，「終於來了」的表情。

「你有見過 Crystal 嗎？」我直接問他。

他搖頭。

「你知不知道她去了哪裡？」

他看著我，沒有說話。我只好再說：「她原來已經退學了，但不知道是什麼原因，你知道嗎？」

等了好一會，陳開心才開口：「她叫我不要告訴你。」

「為什麼？」

「你真的想知道原因嗎？」

我點點頭。

於是他默默的拿出 notebook，打開了瀏覽器，瀏覽器在播放著 YouTube 裡梁靜茹的〈勇氣〉MV。他複製了 MV 的網址，再在網址欄輸入「https://tinyurl.com」。

我知道那是一個工具網站，專為一些太過長太多字的網址，縮短長度而設。類似的、比較多人使用的工具網站，還有「https://bitly.com」。陳開心在網站裡輸入了那個〈勇氣〉的 YouTube 網址，不一會網站就幫他產生了一個新的短網址……

https://tinyurl.com/d5g8jqo

我忽然明白了，y6n4foww 的真正含義。

原來 y6n4foww，是被縮短的網址的最後八個亂碼。

陳開心看著我，說：「她沒有告訴我給了你哪組亂碼，我就只知道她是用了這種方式。」

我沒有回答他，就只是將他的 notebook 移到自己面前，然後在網址欄裡這樣輸入：

https://tinyurl.com/y6n4foww

結果，我又看到了一個 YouTube 的 MV。

是一首舊歌，張衛健的〈身體健康〉。

●○○

「你在聽什麼歌？」

還記得第一次正式跟 Crystal 說話，是在中學二年級的時候。

「聽什麼？哦，我在聽〈身體健康〉。」

我揚揚手中的 MP3，回答。

「是張衛健的歌嗎？」她怯怯的問。

「是呀。」我隨口答道。

那時是體育課，老師帶我們去附近的公眾泳池學游蛙式，但那天我忘了帶泳褲，於是被罰在看台上罰站，然後我偷偷用預先攜帶的微型 MP3 來聽歌。

而 Crystal，就不知道是什麼原因，之前幾堂游泳課都是坐在看台上，不用游水，也不用罰站。

「我不喜歡這首歌。」她這樣說。

「為什麼不喜歡？」我繼續隨口問。

「你有看過這首歌的 MV 嗎？」

「有看過，但沒有太多印象。」

「我覺得 MV 的結局太慘了，男主角會先病死、被迫留下自己的另一半，但他臨死前還不忘拍下影片，留待將來每一年為另一半慶祝生日⋯⋯」

「不是呀，聽上去好像很浪漫呀。」我笑。

「浪漫嗎？」她看著我。

「那個男主角也很有心思嘛，臨死之前還想得到用這種方式來哄另一半開心。」

「你覺得另一半將來會開心嗎？」

「你覺得不會？」

她不答，就只是低下頭來。

我在旁看著她，不知為何感到她對這個話題異常認真，於是也有點不知所措起來。

「對不起，」最後我竟然先屈服了。「我只是說說而已……」

她抬起頭，雙眼竟然已經通紅了，我從未見過她在班上哭過。可她也瞬即展露出笑顏，對我說：「想不到，劉子仁你是這麼好人。」

被她這樣稱讚，我實在有點難為情，隨口亂說：「只不過是假象吧。」

「我知道不是假象。」

但她卻定睛看著我，如此下結論。

皎潔明亮的一雙眼，還有如蘋果般的臉紅。

從未看過一張，如此漂亮的臉……

「能借我聽嗎？」

她拿起了一邊耳機。

「好……」

然後我拿起了另一邊耳機。

一起聽，還剩下半首的「身體健康」。

●○○

我只想　身體健康

我害怕你要照顧我擔心得出一臉倦容

而我病床中反悔內疚　令你太心痛
我只想　身體健康
要活到過百歲不需枴杖都可跟你相擁
不忍你勞碌的照料我　受了這種切膚之痛

●○○

我看著 notebook，默默將整個 MV 看完。

然後忍不住，在網址欄又輸入「http://bitly.com/y6n4foww」，於是我又再多看了一遍〈身體健康〉的 MV；到最後，已經去世了的男主角依舊在錄影帶裡，為自己的另一半送上生日祝福……

Happy birthday to you

「她竟然在兩個網站都作了相同的連結。」我苦笑。

陳開心沒有說話。

「她是怕我猜不到嗎？」

陳開心依然沒有說話。

「她就是希望用這種方式跟我說生日快樂嗎？」

陳開心還是沒有說任何話。

「她……其實想我明白什麼呢？」

「其實你是應該早已經猜到的。」陳開心這樣說了，

「由第一個她要你猜的短訊開始。」

這次輪到我說不出話來。

「你……想去探望她嗎？」

●○○

我只想　身體健康

看著你替我蓋被　窩心得心有點痛

得到你這般的愛護我　眼淚這刻難自控

· Track 09 ·

k_l7FVsqUyM

「不如我們分手吧。」

Carmen 向阿樂說。

阿樂沒有說話，也沒有反應，只是默默看著 Carmen。

「這樣子，對大家都好。」

她繼續說。

然後兩個人開始沉默。

過了一會，她說：「再見。」

「不可以再給我一次機會嗎？」他終於開口。

她看著他，輕輕呼了口氣。

但最後，她還是轉身走去。

阿樂看著她的背影，想去追，但一雙腳，卻似灌滿了鉛。

●○○

對於 Carmen 為什麼要提出分手，阿樂其實並不太清楚真正的原因。

他們由中學六年級的時候開始在一起，已經三年了。

若說是感情轉淡，也許是的，但是其實都已經淡了好一段時間。

他喜歡她，真的好喜歡好喜歡。

雖然許多時候，他都不知道該如何表達自己的感情……

●○○

「覺得冷嗎？」

晚飯的時候，他問她。

但她不答話，就只是輕輕搖頭。

「剛才的電影好看嗎？」

他又問，心裡想著她會回答好看，然後跟她說更多關於那齣電影的話題。

但是她只是一邊將食物放進口裡，一邊輕輕點頭，依然沒有開聲回答。

其實他是知道她對那電影有興趣，才會約她去看的。

他期待會看到她滿足開心的表情，但是最後，他的期望還是落空。

是自己不懂得哄女朋友嗎？還是自己真的是如此沉悶。

「待會有想去的地方嗎？」他讓自己笑著問。

她抬起頭，看著他，沒有回答。

晚飯後，他只好送她到巴士站，她自己一個人上了巴士，沒有讓他送自己回家。

卻想不到，這就是他們分手前的最後一次約會。

●○○

「你女朋友是啞的嗎？」

陳開心在收銀櫃前一邊點算鈔票，一邊抬眼笑問。

「不是啦。」阿樂苦笑。

「但聽上去，你的故事像是在跟一個啞巴談戀愛。」

陳開心把點算完的鈔票收好在紙皮袋裡，將收銀機關好。

「她只是不喜歡說話而已。」

「以前也是這樣嗎？」

「以前？」阿樂微微一呆，回道：「不，以前不是這樣。」

「那麼是從什麼時候開始變得不愛說話？」

阿樂試著回想，只想到最初認識 Carmen 的時候，她的笑臉。

「你捨得讓她離開嗎？」陳開心又問。

「不捨得呀。」阿樂又苦笑。「只是我覺得有點無能為力。」

「是無能為力，還是未盡全力呢？」陳開心取笑。

「我是已經出盡全力了。」

「那你就繼續努力吧。」陳開心揮揮手，說：「我要去銀行存款了。」

阿樂對他揮揮手，咖啡店裡沒有顧客，他一個人坐在靠窗的沙發上，開始回想起與 Carmen 相識的經過。

●○○

中六的時候，阿樂本來是與另一個女孩詠恩在一起。

而 Carmen 當時也有另一個男朋友，Raymond。

他們都是同班同學，彼此也是十分熟稔的朋友。平時放學，阿樂會和 Raymond 及一班同學去球場打籃球，詠恩則偶爾會和 Carmen 一起去逛商場，等他們打完籃球，再一起去吉野家吃晚飯。

那些日子大家的感情都很融洽，縱使畢業後或許就會各散東西，但阿樂知道，大家都是如此珍惜著剩餘的相聚時光，希望好好記錄這些日子所有過的各種趣事、那些幼稚；然後在將來彼此的婚宴裡，一起聚首一起懷念，一起感嘆一起繼續努力生活，即使可能已經很少聯繫，但對方永遠會是自己回憶裡重要的家人。

直到那一次意外。

說是意外，其實只是一次很平常的意料之外。

那天，原本阿樂如常和 Raymond 去跟同學打籃球，而詠恩、Carmen 及其他女同學們去了甜品店吃鬆餅。只是中途，Raymond 因為家裡有點事而要先趕回家。詠恩也忽然來了經痛，於是先回家休息。他們都各自有打電話給阿樂與 Carmen 報平安。

原本也沒有什麼特別，男生們打完籃球後，繼續如常去跟女生們會合，按原本的打算一同去吃晚飯。只是忽然有人又想提早回家，然後又有人忽然約了別人而先離開，一個走了另一個也走了，最後就只剩下阿樂與 Carmen 兩個人。

「為什麼會變成這樣呢？」阿樂無奈地笑，側頭看了看旁邊的 Carmen。

「最麻煩的是，今晚我家裡沒有煮飯。」Carmen 也苦笑。

「我也是啊。」阿樂長嘆了一聲。

「那只剩我們兩個，要一起吃飯嗎？」

「惟有如此吧。」

「惟有？」她斜眼望他。

阿樂心裡呆了一下。雖然自己跟 Carmen 同班了六年，但一直以來他們都不算是十分友好。

尤其當他知道，她成為了 Raymond 的女朋友後，他就更加不曾主動與她說笑或講太多閒話。

因此當他看見，平時看似溫文的 Carmen 突然露出一個假裝凌厲的調皮眼神時，反而讓他變得有點反應不過來。

「怎樣，你嚇到了嗎？」Carmen 笑問。

「不，只是有點意外。」阿樂如實說。

「意外？」

「我一直以為，你是不會怎麼說笑的女生。」

「你的講法很怪呢。」她忍不住笑了，又說：「其實你是想講，覺得我是只會死讀書、死腦筋吧？」

「呃……我沒有這樣說。」阿樂心裡冒汗。

「但我知道你心裡這樣想。」Carmen 笑得很歡暢，「不過我不會介意。」

「你不會向 Raymond 投訴就好。」阿樂苦笑。

「其實我們都只是沒有向大家表露真實的自己罷了。」

聽見她這番話似乎另有所指，阿樂又不禁呆了一下。

「好了，我們是不是還要去吉野家呢？」

Carmen 看著他問，眼神帶著一點頑皮。

「你不想去？」阿樂問。

「你想去？每次都去吉野家，所有套餐都重複循環吃過數十次，你真的還想再去嗎？」

阿樂心裡忍不住喝了聲采，彷彿遇到了一個知音，但他口裡卻還是這樣說：「如果你不想去，為什麼之前不向大家提出來？」

Carmen 望了望他，最後又重複了那一句話：

「其實我們都只是沒有向大家表露真實的自己罷了。」

●○○

自那一次之後，阿樂與 Carmen 還是如常與其他同學去吉野家吃晚飯。

只是他們曾經離吉野家而去、改去吃麥當勞的開心樂園餐，就成為了兩人之間的秘密。

即使其實算不上是什麼認真的秘密。

但每次當他們的目光無意中互相碰觸時，阿樂都總會看見，Carmen 眼裡隱含著的調皮與笑意。這總會讓他心裡感到一點暖意，同時還有一點莫名的不安。

也許是因為，自己過去原來一直都錯判了 Carmen 這個人。

如她所說，他原本真的以為，她是一個喜歡讀書、個性溫柔順從、只會跟在 Raymond 身邊走的一個女同學。

但經過那一次之後，阿樂才發現，原來這個女生有著他意想不到的有趣之處。

「喂，你平時早上會吃什麼早餐？」

晚上，Carmen 傳來了這個短訊。偶爾他們會在短訊裡聊天。

「沒特別固定，有時趕時間甚至會不吃」

「怎麼可以不吃的呀？」

「來不及去買嘛」

「那你明天想要什麼早餐？」

「你幫我買嗎？@@」

「 :p 」

「我想吃白粥與油條」

「竟然是中式早餐？」

「不可以嗎？ -_-」

阿樂笑答，但是之後 Carmen 就沒有再回應。

第二天早上，阿樂回到教室，不見 Carmen。他回到自己的座位，打開抽屜，不見有白粥與油條，卻見到有一張手掌般大的白紙，上面寫著「白粥油條觀賞券」。

他翻去背面，見到有一幅手畫的白粥及油條插畫。他失笑了。

「喜歡嗎？」

她發短訊問他，他抬起頭，只見她不知在什麼時候已經回到自己的座位。

「怎麼只是畫、而不是吃的？ -__-」

「我是問你想要什麼、而不是想吃什麼呀 :p」

阿樂放下手機，向她苦笑了，她則回以一個得意的眼神。

以前怎想過，會跟她有這樣的交往？

這點意外，在阿樂心裡造成了不輕的漣漪。

他也有試過跟詠恩探問，看她知不知道 Carmen 這不為人知的一面。

「Carmen 會畫畫嗎？」詠恩有點意外。

「不、不，」他看到詠恩的神情，就知道她是毫不知情。「我是問，Carmen 會不會畫畫？」

「我沒有看過她畫畫呀。」詠恩搖頭，又看一看他。「為什麼這樣問？」

「沒什麼，只是隨口問問而已。」阿樂裝作平常。

自那一次之後，他不時都會在上學時，在抽屜收到 Carmen 畫的插畫。

她畫的東西很雜，有食物、有人物、也有小動物，但都很有她自己的風格，絕對不是隨便畫畫的程度。

「你很喜歡畫畫嗎？」

「你覺得呢？」

阿樂笑了一下，在手機繼續輸入：

「為什麼平時不見你畫呢？」

「沒人看，所以就不畫了」

「怎會沒人看？你放上臉書，總會有人欣賞」

「是嗎，謝謝你這樣說 :) 」

「我覺得你畫得不錯啊」

「別再這樣讚我 =^^= 」

「平時 Raymond 也有讚你吧 :p 」

但是她忽然沒有再立即回覆。

過了好一會，阿樂才收到她的訊息：

「其實，他不喜歡我畫的畫」

之後，他們沒有再說下去。

●○○

自那次之後，阿樂開始變得偷偷注意 Raymond 與 Carmen。

平常他們在一起的時候，通常都是她跟在他的身後，由他主導想要走的方向。

當一群同學一同活動，Carmen 只會靜靜的伴在 Raymond 身邊，不太怎麼發言，就只是一直面露微笑。阿樂漸漸覺得，那只是一種表面的笑意，因為他看過她真正的笑顏，比這種表面要真切得多。

但其他人似乎沒有察覺到，那不是 Carmen 的真正笑容。阿樂不由得感到有點諷刺，大家已經相識了這麼多年，竟然還是不能分辨對方的虛實？

只是阿樂又想，如果不是 Carmen 主動在他跟前顯露出來，自己過去又可會察覺得到？

是 Carmen 有心在人前隱藏自己的真正個性嗎？

是為了什麼原因，才要如此勉強自己在人前假裝？

「其實，Raymond 對你好嗎？　」

他猶豫了很久，最後還是發了這個訊息問她。

「為什麼你這樣問？」

Carmen 很快就回應。

是呢，為什麼會問呢？

「沒什麼，關心同學而已 :p 」

「講大話」

「你還沒有答我問題」

「好，他對我很好」

那為什麼，她沒有展現真正的笑容？

「只是」

Carmen 繼續輸入。

「我覺得不能做回自己而已」

「為什麼不能」阿樂問。

「他喜歡的，是以前溫文的 Carmen」

「那現在的 Carmen 呢？」

「不確定，應該不喜歡……」

「為什麼你認為不喜歡呢」

「我知道他不會喜歡的」

「你有嘗試過嗎」

「沒有」

「那，去試一試嘛」

「不行的，結果如何，是可以預期得到的」

「……」

「是了」

「？」

「為什麼你會這麼在乎呢？」

「……」

他不懂得回答了。

或者說，他不想面對。

「那」

「唔？」

她回道。

阿樂吸了一口氣，按下發送。

「為什麼你又會願意告訴我呢？」

然後，輪到她回答他刪節號了。

●○◌

這種不知不覺的曖昧，當出現得越來越多的時候，就很難再假裝成不知不覺。

也會怕，被別人察覺。

阿樂只好選擇，與 Carmen 保持距離。

始終，她是 Raymond 的女朋友。

他開始少傳她短訊，有時她發訊息過來，他也會很遲才回覆，甚至沒回答。

Carmen 應該也察覺到他的轉變，卻沒有說什麼，只是在某天開始不再傳給他任何短訊。

很乾脆，再沒有任何牽連。

雖然，大家每天還是會見面，還是會一同到球場玩、到商場逛、去吉野家吃飯。

只是阿樂再也不會見到，她那偶爾調皮的目光與笑容。

不只這樣，他感到 Carmen 在對待他的時候，更多了一重以前沒有的冷漠。

是因為生氣自己的刻意疏遠嗎？但是他也無法向她解釋什麼。

可那點冷漠，卻每天每夜在他心裡不斷累積，讓他漸漸感到迷惘。

自己原來是有這麼在乎 Carmen 嗎？

會在乎她對自己的反應，會在乎她是不是討厭自己。

但想到最後，他都總會叫自己不要再想太多。

自己本身就已經有一個很好的女朋友了，而她也一樣，有一個待她很好的男朋友。

這就是結論。

只是偶爾，當他自己一個人時，還是會懷念那一夜，與她在麥當勞晚飯的時光。

●○○

「你問店員拿胡椒粉來幹嘛？」

「當然是用來沾薯條吃啦！」她斜眼望他。

「沾薯條吃？」他失笑。

「你靜靜看著就好。」

只見她將胡椒粉倒進之前已經弄好的番茄醬上，然後她撿起兩根薯條，將番茄醬與胡椒粉攪拌在一起，不一會，原本鮮紅的番茄醬變成了一塌糊塗的灰紅色。

「……這……還可以吃嗎？」阿樂啞然。

「你試試就會知道。」Carmen 將剛才用來攪拌的一根薯條遞給他。

阿樂接過薯條，勉強自己咬了一口，意想不到味道竟然很不錯。

「咦，原來是這種味道嗎？」

「什麼『原來』啊？」Carmen 笑著皺眉。「這根本就是好味。」

「看上去像是灰泥色，但原來是這麼好吃。」阿樂邊說邊拿起另一根薯條來沾番茄醬。

「你以前都只會沾番茄醬嗎？」

「嗯！」

「笨蛋。」Carmen 笑了，又說：「下次再試試麥樂雞的燒烤醬加胡椒，也很好味的。」

「嗯！真是人不可貌相！」

「什麼人不可貌相？不過是加了胡椒的番茄醬……」

但阿樂已經滿口都是薯條，再也回不了話。Carmen 靜靜地看著，然後也拿起了一根薯條來吃。

●○○

越是疏遠，這段回憶越是顯得清晰。

阿樂知道，自己其實是有點不捨得 Carmen。

即使明知道是不應該，即使其實他們也沒有發生過什麼。

但他還是重回到那一間麥當勞。

點跟那一晚一樣的開心樂園餐，向店員要了兩包胡椒粉。

然後學她的方法，默默將胡椒粉倒進番茄醬裡，細看著它們被混在一起、變成灰紅色。

其實有什麼意義呢？他不知道。

但當抬起頭，卻看到 Carmen 就坐在自己的對面，手上也捧著一份開心樂園餐，同樣也有，兩包胡椒粉……

阿樂知道，這一切再也逃避不了。

●○○

他和 Carmen 交往的事，沒有一個人知道。

包括詠恩，還有 Raymond。

他依然和詠恩在一起，她繼續做 Raymond 的女朋友。

就只有他們自己知道，這一段不可以跟人言明的故事。

原因是因為，他們不想這一段關係，破壞了一整個圈子的情誼。

大家已經同窗多年，除了家人之外，每一個都是自己最熟識最親近的人。開心的、難受的、悲傷的、困難的，大家都一起經歷過，也一同學習成長。如果遇到困難，大家一定會挺身而出守護對方，即使將來各散東西，但彼此依然都會是最好的朋友，因為這些歲月與情誼，將來是誰都無法可以代替的……

但現在，如果他們向大家公布，他們跟詠恩與 Raymond 分開，並且原來早就已經在一起，他們不敢想像，這之後的中學生活、大家六年來的情誼，會不會從此分崩離析，變成再也無法修補。

彼此都當對方是一家人，有著無可懷疑的信任，也因此，他們心裡都有種背叛了大家的感覺，讓他們不敢坦然地承認這份感情。

再者，他們其實也不知道應該如何向自己的另一半提出，分手這一件事……

「最近你和 Carmen 好像怪怪的。」

有天和詠恩上街時，她這樣問阿樂。

「……怎麼怪？」阿樂讓自己微笑。

「你們都不怎麼理睬對方……」詠恩小心地說。

「我和她本來就很少說話呀。」他解釋。

「我以為你們是有心病呢！」

「怎會有心病……」阿樂心裡苦笑。

「沒心病就最好啦。」詠恩邊說邊抱著阿樂的手臂。

「……你好像很擔心？」

「因為她是我的好朋友嘛，而你呢……」

「我？」

「你是我最喜歡的男朋友。」說完，詠恩甜甜地笑了。

阿樂卻說不出話了。

比起背叛大家，背叛了自己的女朋友，這一件事更教他不知道怎麼面對。

他也沒有問 Carmen，她與 Raymond 的發展。彼此心中似乎都感到，那是一個不可觸及的地雷。

當他與 Carmen 在一起時，她不會過問他與詠恩的事情，他自己也不會主動提起，就好像是他們本來就沒有另一半，自己的戀愛對象就只有眼前的這一個人。

可事實又明確地放在眼前，自己牽著的這個人，並不是真的屬於自己。自己也是有著另一半的束縛，不可能隨時就與對方見面、談電話，甚至不能夠毫無防備地去思念關心對方，因為會害怕被別人懷疑，也因為害怕自己哪天會說錯了話，而讓所有謊言都被揭穿。

即使，在一起了以後，他對 Carmen 的感覺是與日俱增，但是隨著日子越長，他們每次見面時的對話，卻變得越來越少。

即使他們的對話，其實也是一些不著邊際的事，即使，他們還會有情侶之間的行為，但彷彿兩人都總是會對一些事情有所顧忌，彷彿已經習慣了不要在別人面前隨心所欲地展露笑顏。

雖然見面時的快樂可以蓋過一切，但其餘的時間，卻是在壓抑感情的狀態下度過。

尤其當在一班人聚會時，看見對方牽著的人不是自己，而對方明明是自己最喜歡的人，而自己也不能夠隨便鬆開自己正在牽著的手，去坦然向所有人宣布，誰才是自己的真正所愛，去問清楚對方，其實心裡最喜歡的人，是不是就是自己……

也因此，他們越來越少出席一班人的活動，又或者是會找一個藉口，在知道對方會出現的時候，讓自己不能出現。

喜歡，但不可以在一起；不喜歡，但依然在一起。

這種矛盾讓阿樂更加清楚知道，自己如今對詠恩的感情，很大部分是源於同情。只是他也發現，越是拖延下去，就會變得越難向別人坦白自己的想法與心意。

該怎麼向別人解釋，原來他們一直在欺騙大家？該怎麼讓大家體諒，為什麼直到如今才將真相說清楚？也許從最初開始坦承一切，可能還沒有如此可怕的後果。他不知道

Carmen 有沒有這種想法，只是他也知道，她其實也跟自己一樣，假裝得好苦好苦。

「不如……我們就這樣算吧。」

有時候，Carmen 會這樣對阿樂笑著說。

他總是不答，一來是他不知道該如何回答，二來，他也害怕自己的回答，會讓事情從此變得無可挽回，怕自己與她以後會不能再見面。

那一句話，他知道，她其實有一半是認真的。

然後這種情況維持到畢業，大家各散東西，他們四人都考上了不同的大學。

然後有一天，Carmen 跟阿樂說，她向 Raymond 提出了分手，正式分開了。

●○◌

「你知道嗎，Raymond 跟 Carmen 分開了。」

晚飯的時候，詠恩突然提起這件事。

「是嗎？」

阿樂用反問當作回應。

「實在意想不到呢，他們感情這麼要好……」

「嗯。」他放下刀叉，低下頭。

「怎麼了？」詠恩問。

「詠恩。」

「唔？」

「不如，我們分手吧。」

「……」

如果，Carmen 沒有跟 Raymond 分開的話，阿樂是打算，等哪天詠恩不再喜歡自己了，到時就名正言順地跟她分開。

這種方式，他認為，對大家都好。

只是，在毫無預期下，Carmen 竟然跟 Raymond 分手了，這不由得讓阿樂想，自己其實是不是一直在拖拉，是不是應該還要讓這種情況繼續下去。

「為什麼？」

詠恩噙著淚，問他。

「對不起。」

他只懂得回答這一句話。

「我問，為什麼要分手？」

詠恩固執地追問，這有點出乎阿樂的意料。

「對不起，是我不好。」

「不要道歉，我不是要你道歉！」詠恩哭了起來，餐廳內其他的食客，都紛紛向他們投以好奇的目光。「我只是不明白，你為什麼要現在跟我分手！」

阿樂說不出話來。

「其實我早已知道，你已經不喜歡我，我知道的……」

聽見詠恩這樣說，阿樂心裡有點慌張。

「但我還是努力地做好你的女朋友角色、想繼續與你在一起，即使你不喜歡我，即使你心裡可能已經有另一個人……」

詠恩看著他，雙眼通紅。

「但你可不可以告訴我原因？如果你要走，如果這些年來，你真的有愛過我的話……」

但是阿樂始終講不出那一個真正的原因。

就只是默默看著詠恩，聽著她的哭聲，陪著她一起心痛。

●○○

在與詠恩分開後，阿樂與 Carmen 的關係，仍是沒有告訴任何人。

他知道，Carmen 在與 Raymond 提出分開時，也沒有提及自己半分。

有時他會想，如果現在才告訴大家，其實他們在一起已經快一年了，大家會有什麼反應與感受。

「你想說就說吧。」

Carmen 淡然的說道。

「你呢，你想不想？」

他看著她，想知道她的想法。

「你說，我就說。」她就只是這樣回應。

說了，至少可以不用再掩掩藏藏。

即使兩人在外面約會，也要繼續像偷情一樣，不能去朋友們會去的地方，然後漸漸又變得不想外出。

但說了，又真的可以嗎？

詠恩一定會更傷心的。

其他朋友，一定會很失望。

也許，他們最初在一起，其實就已經是一個錯誤。

只是這個錯誤，是不是可以一直延展下去，是否就是只能這樣錯下去？

他看著 Carmen，她的臉上依然只有淡然。

●○○

他如今終於記起，原來是從那時候開始，自己就再也看不見，她自然率真的燦爛笑容。

●○○

「難道，你從來沒有想過，有天始終必須向其他人坦白這段感情嗎？」

陳開心在聽完阿樂的故事後，這樣說了。

「不可以的。Carmen 跟 Raymond 分手後，有一個一直暗戀她的朋友，變得很積極地追求她，幾乎將她視為女神……」

「所以如果你們公開了，你們怕那位朋友不知道會做些什麼傻事？」陳開心接下去。

「……就是這樣。」

陳開心苦笑了。

「其實，就算你們如今不分開，將來也一定總會遇到其他難題，讓你們的感情不能順利發展的。」

「……也許是的。」

「那到時候你又要一直逃避下去嗎？」

阿樂辯解：「逃避？我沒有逃避……」

但陳開心就只是望著他，不說話。

「逃避……也許是有的，我應該向大家承認這段關係，是我對不起大家……」

「不，我不是說你逃避向大家坦白。」陳開心打斷他，逕自說：「你是逃避了，回應 Carmen 的感情。」

「……我怎樣逃避？」

「你有沒有想過，她其實一直等待你向大家公開你們的感情嗎？」

「有，但我以為她也會害怕，所以……」

「在你們的情況下，誰不會害怕擔心呢，只是如果你們真的想長久地一起走下去，那麼一直繼續掩飾，這段關係也是始終不會有出路。你想想，你們將來會得到誰的祝福？」

阿樂說不出話來。

「不會有完全避開受傷的成長，也不會有只懷抱著光明的幸福。有時候，就算明知道會痛會流淚，但我們也是要有承擔，勇敢站出來面對，才能對得起自己、保護得到自己珍惜的人與事。」

阿樂依然說不出話。

「你再想想，這些日子以來，她是以怎樣的心情與你在一起？也許她也是跟你一樣，懦弱、怕事、沒有決心與勇氣，其實你們可能真的十分相似，如她所說，『沒有向大家表露真實的自己』……」說到這裡，陳開心重重苦笑了一下。「但你們如果真的喜歡對方，真的想跟對方一起走下去，那麼你們不能只安逸於眼下不被發現的溫馨和諧，也要嘗試去計畫將來、去開拓出真正屬於你們的路，就算得不到太多人的祝福，但至少，要勇於面對自己的感情，要讓對方知道，你喜歡她，你從來都沒有後悔。」

聽完陳開心這一番話，阿樂深深的吸了口氣。

「還是，其實你是後悔得不得了？」陳開心又問他，「也許，這就是她一直不快樂的原因？」

阿樂不答，閉上眼，回想起這些年與她一起走過的日子。

最後他睜開眼，對陳開心說：

「不，我沒有後悔。」

陳開心沒說什麼，只是聳聳肩，往洗手間走去。

「是了，如果是你的話，」阿樂叫住陳開心，問：「最初你會跟 Carmen 在一起嗎？」

陳開心沒有回頭，只是說：「我不會做讓自己後悔的事情。」

●○○

阿樂打電話給 Carmen，但是電話一直沒有接通。

找了半天，但她似乎沒有開啟手機，因為即使他傳訊息過去，也看不見已讀的通知。

他有點擔心，於是打電話到 Carmen 家裡。

接聽電話的，是 Carmen 的母親。

「阿雯？她去了台灣啊。」

「台灣？」他呆了一下，沒想到她會突然離開了香港。「伯母，她……什麼時候去的？」

「是昨天吧，她也是臨出發前一天才告訴我們的。」

「她……自己一個人去嗎？」

「或許是吧。」

阿樂感到她的語氣像是有點不耐煩。

「那……謝謝伯母。」

「喂。」

阿樂原本想掛線了，但 Carmen 的母親卻喚住他：「你是阿樂吧？」

「是的。」阿樂心裡呆了一下，沒想到伯母會知道自己……因為這些年來，他們連彼此的家長也從沒見過。

「你是要去找她嗎？」

「或許……我不知道。」

Carmen 的母親沒有說話，只是嘆了一口氣。

最後，她這樣說：「算了，女兒長大了，我也管不了。」

然後她就這樣掛線了。

阿樂看著手機，心裡茫然。

Carmen 去了台灣，以前他們在一起的時候，最喜歡去台灣旅行，因為距離香港不遠，他們也喜歡台灣的人情味，而更重要的是，那裡是一個沒有人認識自己的地方。

雖然自從中學畢業以後，同學們都少了聯絡，而他與 Carmen 都各自認識了新的大學同學和朋友，但是他們始終會在意，有天會不會因為哪一個新朋友的關係，而讓他們自己一直隱藏的關係被突然公開。

也因此，在其他國家去重新開始、去結交新的朋友，阿樂有時會覺得，這也許是他們這段關係的一條出路。因此他們每年幾乎會去台灣旅行好幾次，每次出發前，都會有許多期待；然後每次旅程結束，又會有許多不捨。

他知道，她其實也一樣想過，如果可以在沒有人認識的國度一直生活下去，那有多好。

但想歸想，現實卻是不可能如此，彼此也有太多無法輕易割捨的事與人。

只是去台灣，卻成為了他們可以暫時停止假裝的一種象徵。

如今她一個人離開香港，去了台灣……

他知道，她總是會回來的；但是他心裡卻有一種預感，知道她在回來之後，就再也不會回到自己的身邊。

自己還應該繼續猶豫更多嗎？

「我不會做讓自己後悔的事情。」

他想起了陳開心的那句說話。

如果不做，將來自己一定會更加後悔。

●○○

在台北象山上，Carmen 一個人，等著觀賞日落的美景。

很奇妙，以前每次來台北，都總是陰天或雨天，彷彿是一個只會傷感的城市，想要看到藍天，但天空都總是在他們離開台北之後才會放晴。

但這一次，她自己一個人前來，幾天都是難得的好天氣，讓她可以盡情暢遊她想去的地方，再不會像之前般，為了避開風雨而一身狼狽，或是因為冷雨而得了感冒……

那時候，都有阿樂在自己身邊。她呼口氣，看著開始下沉的夕陽，心裡知道，現在只有自己一個人，再也不可以對他有更多依賴。

只是，當她轉過身，卻看到阿樂不知道在什麼時候，已經來到自己的身邊。

「你……為什麼會在這裡？」

她心裡無比意外，自己會在這時候見到阿樂。

「我在想你可能會去的地方，然後，就在這裡找到你了。」阿樂笑。

「找了很久？」Carmen 吸了一口氣。

「才半天而已，我是今天早上才來到台北。」

「來台北，為什麼呢？」

她淡然的問。

「來找你。」

他坦白地說。

「找我，是為了什麼？」

「……我不想和你分開。」

「為什麼？」她依然在問。

「因為，你是我生命裡最重要的人。」

他看著她，肯定地說出這番心底話。然而，她仍是一臉的冷然，沒有半點牽動，也似是不覺得有回應的必要。

「不要走，好嗎？」阿樂繼續說下去。

但 Carmen 依然沉默，微微別過臉，眺看她原本一直等待的那個夕陽。阿樂也只好一直陪著她，看著太陽漸漸消失於地平線上。

然後，當夕陽的餘暉也完全散去，她才終於開口：

「謝謝你來找我。」

「沒什麼……」

「但，我真的想自己一個人靜一靜。」

「……直到什麼時候？」

「我不知道。」Carmen 看著他，但讓自己退後一步。「也許，以後我都會讓自己一個人。」

「為什麼？是因為我始終不敢向大家坦白嗎？是因為你還在生我的氣？」阿樂急急地問。

「我沒有生你的氣。真的。也不是想怪你。」Carmen 呼了一口氣，苦笑說：「其實，我是在怪責自己。」

「這並不只是你一個人的問題，而是我們……」

「不，是我的問題。在很久以前，其實我就想逃離那一個圈子、那一段關係。」

阿樂默言。

「只是剛巧，你在那個時候和我走近了，給了我一個藉口去放棄，但自己又不能夠乾脆一點，總是在離開與不離開之間一直猶豫，結果反而也苦了你，陪我一起經歷了那些日子。」

Carmen 看著他，誠摯地對他說：「對不起。」

但阿樂想聽的，卻不是她的道歉。他不明白，本來應該要道歉的是自己，但為什麼現在是反過來了？為什麼她越是平靜地說下去，他就越是覺得再也捉不緊她的手……

「跟你在一起的這些日子，其實除了覺得對不起大家，更覺得自己對不起你，總是想就此逃了，總是想讓一切重來、不要再繼續這種關係、這種不能向別人與自己坦白的日子。抱歉我太遲才找回自己的勇氣。但如今我還是終於找回了那個渺小的自己。所以，對不起，就讓我試著自己一個人繼續走下去，看看可不可以再尋回以前快樂的自己。」

她剖白到最後，向阿樂展露了一個溫暖的笑容。

不是她最燦爛的笑容，也不是他所喜歡的調皮笑臉，而是他以前從未見過、也從不認識的豁然開朗的她。

「希望你也可以找回快樂的自己。」

Carmen 說完最後這一句祝福，然後就從他的身邊走過，往下山方向走去。

就剩下他自己一個人，與已經變暗了的台北夜空。

「但是對我來說，最快樂的日子，就是有你在我身邊的時候。」

阿樂看著她原本停留的位置，說。

「可以讓我們再重新開始嗎？」

他低下頭，吸氣。

「可不可以讓我繼續陪你，讓我給你更多的快樂幸福？」

但是她沒有回應。

當他轉過身，已經再見不到她的身影。

●○○

後來，他與她沒有再聯絡。

雖然偶爾，還是會在舊同學聚會裡碰面，但是他們沒有交談過半句話，彷彿從來沒有認識過對方，大家只是碰巧在同一張餐桌上用餐。

然後又過了一年，她和另一個陌生人在一起，也變得更少出席舊同學的聚會。

每次聚會，阿樂總是會喝得很醉；再後知後覺，大家都留意到阿樂的不尋常，但是都不明白他為了什麼事情而不開心。

半年之後，Carmen 與另一半突然閃電結婚，在臉書向所有朋友公布，包括他們這一班舊同學。

阿樂在麥當勞看著手機，沒有讚好，也不知道該不該讚好。

但看見她在另一半的身邊，臉上散發著一個由衷快樂的笑容，是他以前一直希望想看到、想為她實現的那一個笑容。

他靜靜看著，看著。

直到薯條也終於變冷，最後在她的相片上，按了最後的一下讚好。

· Track 10 ·

朋友

H7hpK6cm-6k

有些人，從第一眼認識開始，你就會知道，自己以後會跟對方發展出怎樣的關係。

在她眼中，他永遠都會是自己的朋友。

她也相信，在他眼裡，自己也只會是朋友，沒有其他。

不會有曖昧，不會有任何越軌，彷彿是命中注定，又或者是不容變改，自己將會與他友好下去，直到白頭。

●○○

她與他，已經結識了許多年。

從小學開始，直到中學，大家都是讀同一間學校。不過真正熟識彼此，卻是在中學的時候。

那時候，他們兩人同班。有一天放學，她突然走到他的身邊，問他：「你與李家明熟不熟？」

他當時呆了一下，因為沒有想過，她會來跟自己說話，也沒想過第一句說的話，就是提起一個小學同學的名字。

「熟不熟又怎樣？」他反問她。

「沒什麼……」她有點不知所措，但還是繼續說：「以前我見你們常常會一起玩耍，想知道你們還有沒有聯絡而已。」

「沒有聯絡了。暑假之後，他一家就搬到了九龍區，他要讀的中學也是在那一區，平時也不可能會碰面。」

「嗯。」

他看見她眼裡像是有點失望，於是呼了一口氣，問她：「你找他有什麼事嗎？」

「沒什麼要緊事。」她頓了一下，移動腳步想離開，但忽然又說：「其實我喜歡他，想知道他的近況而已。」

然後，她的眼角滲出了淚水，他看在眼裡，整個人都呆住了。

「……你喜歡他？」

他不能置信的問。

她點頭。

「你什麼時候喜歡他的？」他繼續問。

「……有什麼關係嗎？」

「沒……只是我好奇而已。」他苦笑一下，又問：「那你現在是想要跟他表白嗎？」

「也不是……只是想知道他的近況，或電話號碼而已。」

「太遲啦，他的電話都改了，又沒有通知大家。」他一臉無奈地說。

「那可以怎麼辦？」

她問他，一臉迷惘，他看在眼裡，忍不住嚷：「我怎知道？」

●○○

那時候，年紀還小，臉書也未開始流行，想尋找一個人，他們卻想不出什麼方法。

於是他們選用最原始的做法，就是去那個人可能會出現的地區，碰碰運氣。

「真的會碰到他嗎？」

坐在巴士上，他問她

「我不知道。」她別過臉，看著車窗外。

「……那你知道到哪兒碰他嗎？」

「你說他是讀天光道官立中學嘛。」

「那……我們現在是去他的學校附近嗎？」

「嗯。」

他苦笑了一下，最後說：「怎麼我覺得這是一個笨法子……」

之後，每個月一次，或兩個月一次，他們都會在放學後沒有活動的日子，乘巴士到土瓜灣、九龍城或何文田區，希望有機會能夠碰見李家明。

只可惜沒有一次成功碰見，即使他們已經在學校門外等過了多少次，即使他們已經漫無目的地遊逛過多少街道。

●○○

然後，第八次，他們在天光道官立中學的大門對面守候的時候，他跟她說：

「不如，放棄吧。」

「為什麼？」她問他。

「可能李家明其實不是讀天光道官立中學，可能是我聽錯了？否則等了這麼多次，早就已經會等到他出現了。」

「只是，我們也沒有其他線索嘛。」

他呼口氣，雙眼看著正從學校離開的陌生學生臉孔，說：「你是有這麼喜歡他嗎？」

「喜歡。」

「喜歡到，不知道怎麼放棄？」

「沒有想過。」她笑了一下，又說：「我沒有想得那麼深入，但心裡有一個喜歡的人，不也是一件好事嗎？」

「人小鬼大。」他搖頭。

「……你跟我還不是一樣。」

「其實你喜歡他的什麼？」

「他人很好呀。」她說。

「你怎知道他人很好？」他有點出奇。

「我不是沒有眼睛的。」她苦笑。

「小學時，你身邊經常都有很多同學圍著你，那時我們還以為，你是從來都沒有留意過李家明這個人呢。」

「我真的不是盲的。」她又苦笑了一下，再說：「你以前身邊也一樣，總是圍著很多男生呀。」

他嘿了一聲，回道：「我想被女生圍著多一點啊。」

「真有志氣呢。」

「當然。」

然後兩人沉默，繼續看著學校門口。

「是了。」

「嗯？」他回道。

「為什麼……」

她轉過頭回望他，他也轉過臉望向她。

「唔？」

「還是沒事了。」

「……哦。」

後來，他們還是碰不見李家明。

後來，天下起雨來，他從書包拿出一把摺疊雨傘給她，又拿出另一把摺疊雨傘給自己。

●○○

第十七次，他們這次沒有去九龍區，反而去了李家明以前住的地方。

「其實我們現在這樣、每一兩個月碰一次運氣，你覺得有沒有作用？」

他一邊上樓梯，一邊問她。

「我看你每次都好像很投入。」她笑道。

「我只是配合你、不想你太灰心而已。」他裝一個鬼臉。

「你人真的好好呢。」她裝出善良天真的語調。

上了五層樓梯，終於去到李家明以前住的地方，那是一幢舊樓，沒有電梯，因此他們在門口調整了好一會呼吸，才去按動門鈴。

門鈴響了又響，但是都沒有人來開門。門外的走廊燈昏昏黃黃，偶爾又會閃爍一下，像是快要壞掉似的，他們兩人對望一眼，心裡都有點毛毛的感覺。

「你以前沒有來過這裡嗎？」她問他。

「以前沒有這麼昏暗……」他搖搖頭，又按了一下門鈴，說：「都兩年前了，我也不太記得，總之不是像現在這樣子。」

「是嗎，總覺得好像會有鬼……」她瞥見牆壁上有一個好像人臉的灰影，連忙轉過頭不敢再望。

「傻啦，怎會有鬼。你知道嗎，李家明以前是最怕鬼的。」

「真的嗎？」

「真的，以前我們去宿營，晚上大家講鬼故事的時候，他都一定用紙巾塞著耳孔，像是稍微聽到一點點也不可以，結果被我們取笑了好幾年呢。」

「原來他也是這樣的嗎？」

「是呀。」他又再按動門鈴。

「等等，你們小學時有去過宿營嗎？」

「……沒有啊。」

「那你又說和他去了宿營講鬼故事？」她盯著他。

「我只是想緩和一下氣氛而已。」他又裝鬼臉。

她沒好氣，又打量一下周圍的環境。

「李家明的家很窮嗎？」

「也不是，只是他的父母常常不在家。」

「跟我一樣。」

「唔。」

「你呢？」

「我什麼？」

「你的家人呢？」

「我沒有家人的。」他隨口應道。

「你又亂講了。」

這時候，大門忽然打開，在門縫之間露出了一隻眼。

像是電影《七夜怪談》裡，貞子的那一隻眼。

然後從門縫中，又傳出一把聲音，一把像是汪阿姐的叫聲：「找誰？」

他們一時間不能動彈。

該說是，不敢動彈。

那隻眼睛──該說是眼珠，就一直上下移動打量他們，讓他們的心一直跳個不停，背上更瞬間冒起了冷汗。

「你～們～找～誰？」

叫聲忽然變得響亮，猶如羅家英一樣，門縫也在一點一點打開，裡面的人就像是快要撲出來似的，嚇得他們忍不住大喊一聲，立即轉身狂奔走到樓梯，三步併兩步，逃離這幢大廈。

然後，一直跑一直跑，他領著她跑到大街上，才停下來歇息。她不停喘氣，似乎嚇得說不出話來；他連忙安慰她，並說：「沒事了，已經離開了。」

「那個……那個……」她又喘了好幾口氣，才問：「那是他的家人嗎？」

「那個貞子眼？當然不是啦！」他大喊。

「還好不是……」她深深呼吸一下，忽然想起了什麼，連忙打開了自己的書包搜索，過了一會，她慘叫：「我掉了錢包！」

「……掉在什麼地方？」

「應該是在……剛剛那幢樓。」

他說不出話來。

「怎麼辦呢……我所有錢與證件都在裡面。」

「你先回去好了。」他說。

「我先回去？」

「嗯，你先回去，我幫你找回錢包。」

「但我沒有錢坐車呀。」她紅著眼說。

他從自己的錢包中取出八達通，又掏出一張百元鈔票，交到她的手上，說：「你先回去吧，不要擔心。」

「那你呢？」

「你就別想太多了。」他開心地笑了一下，然後半推半送讓她上了巴士，就轉身往那幢舊樓走回去。

那個晚上，她打了幾次電話給他，他都沒有接聽。

她不由得擔心，門內的貞子眼，會不會走出來對他做些什麼？

但是她始終害怕，不敢再回去那個地方冒險。

但是她又會憂心，為什麼他一直不接聽電話……

然後終於捱過了漫長的夜晚，她第二天早上回到學校，只見他一臉如常地走進教室，輕輕鬆鬆的將錢包放在她的桌上，之後就像沒事人般走開。

「喂。」她忍不住喚他。

「怎樣？」他回頭。

「你……沒事嗎？」

「沒事啊。」他滿不在乎地笑，又說：「是了，我已經從裡面取回一百元，不用再特意還給我了。」

接著他就回到了自己的座位。

她遠遠看著他，心裡有點安慰，但又有點莫名的生氣。

打開錢包，只見裡面的證件都齊全，就只是少了他所說的那一百元而已。

她將錢包收起，過了一會忽然又想起，自己還沒有將他的八達通還給他。但她往他的座位看過去，只見他已經伏在桌上睡著了。她只好將他的八達通，收進自己的錢包裡。

●○○

那一次之後，他們漸漸沒有再像之前那樣，漫無目的地去尋找李家明。

一來，是怕又遇到上一次那樣的驚嚇，二來，她開始醒悟到，自己的喜歡，其實是不是認真到需要如此冒險的程度。

「我不覺得那算是冒險，」他聽到她的說法後，忍不住笑了笑。「我只是覺得，那樣去找的成效有多大而已。」

「說什麼成效？別這麼功利好不好？」她皺眉。

「那你自己還不是一樣，會開始想值不值得要去為一個舊人冒險。」他向她睞睞眼。

「我只是回想起，我喜歡他，其實不一定要得到什麼、或有什麼回報。」她頓了一頓，又說：「只要每天都有一個人可以讓我掛念、或繼續喜歡，其實這樣的心情也很不錯。」

「很青澀的戀愛呢。」

聽見他如此取笑，她也不生氣，只是對他說：「謝謝你。」

「謝我什麼？」

「謝謝你幫我找回錢包，也謝謝你陪我去了這麼多次。」

他揮揮手：「那也沒什麼。」

她笑笑，又說：「其實我一直想問你一個問題。」

「什麼問題？」

「為什麼你最初會願意陪我去找李家明呢？」

「因為他也喜歡你嘛。」

「他也……喜歡我？」

「是的，他也喜歡你。」他看著她，苦笑說：「只是他不知道你也喜歡他，也不敢和你說話而已。」

「……是這樣嗎？」

「嗯，所以我也希望幫你找到他。」他看著她，開心地笑說：「雖然我覺得你們的喜歡，可能還是小學生的程度而已。」

「什麼小學生？」她臉紅了一下，反駁道：「現在我也中三了。」

「中三了嗎，哈哈。」他吐了一下舌，忽然感嘆：「原來已經陪你找了三年。」

「我覺得我們每次都像是隨意地漫遊。」她也嘆氣。

「其實和你這樣漫遊，也不算太差。」他瞥一瞥她，見到她望回自己。「如果你可以多說點話、不用我常常一個人找話題，和你繼續漫遊下去，也是不錯的。」

「我就覺得你的廢話是有點多。」

「但你還不是每次聽完就會笑。」

「是笑你無聊呀。」

「是嗎是嗎？」

●○○

之後，他們再沒有去尋找李家明，卻因為有過之前的經歷，讓他們兩人變得真正友好起來。

有時他們會相約一起放學，到附近的咖啡店閒坐或發呆；有時他會陪她到圖書館，去看她喜歡的愛情小說，或替她借閱關於寫作的書本。

她喜歡寫短篇的故事，總是會讓他做第一個讀者。但他常常就只會亂給意見或評語，從不會認真跟她談論故事寫得好不好。

只是她也不介意，她已經習慣了他這種表面不認真的說話方式。

然後，因為他們兩人時常都走在一起，少不了會有傳言說他們互相喜歡。

但他每次聽到這些傳言或閒話，他就會直接將她拉到自己身邊，向全班宣布：「是的，我們已經在一起了，現在邀請大家出席我們的婚宴，六時恭候八時入席，禮金五百！」又或是「對不起，我們離婚了，我誤判，我愧疚，但我不會退回禮金！」

每次大家都會被他的裝模作樣弄得捧腹大笑，雖然偶爾會有人取笑她是他的太太而喚他「陳太」，但大家都知道他們並不是認真在一起，那些傳言也漸漸沒有人再相信及流傳。

只不過，偶爾她還是會忍不住向他抱怨：「你再這樣亂說，遲早就不會有男生願意接近我了。」

「聽說有人是我們的校花呢，又怎會沒有人願意接近她呢？」他總是笑著回答。

「我只怕真有人誤會對手是你，於是就預先打定了退堂鼓。」她苦笑。

「如果這樣容易放棄，你也不會看得上眼吧？」

是的，她心裡知道，他了解她，比起很多同學、朋友甚至親人，都更了解她的想法。

「只是，如果是你，你又會不會誤會呢？」她問他。

「我嗎？」他抬起頭裝思考狀，回答：「我才不會追你。」

她聽到後，忍不住笑了。

只是，她仍然不能夠明白他的想法。

她認識他已經超過十年。雖然小學的時候沒有機會接近，但是這幾年來的相處，她以為自己有更多機會了解這一個人。

可是直到此時此刻，她都不能摸得準他的真正心意。

他是一個不錯的朋友，總是有方法令人感到輕鬆自在，而且也有溫柔體貼的一面，但是他總是對很多事情都表現得不認真。在他身邊，可以得到很多歡笑熱鬧，但他有認真跟自己在交心嗎？也許有的，他可以有能力將你看透、然後讓你感到快樂安心；但是他真正喜歡什麼、想要什麼，他卻不會輕易讓別人知道，甚至該說是，不會讓人知道。

就好似，他之前為什麼會一直陪自己去尋找李家明。

就好似，那一個晚上他是如何替自己找回丟失了的錢包。

這些事情，他只會給一個似是而非的答案，但她感到這些都不是他真正的心意。是因為他不想別人看穿他的內心嗎？還是他不想別人知道他真正在乎什麼？

又或是，只不過是自己想得太認真、想得太多……

但是，那種保留了距離的交往態度，有時卻又讓她忍不住想得更多。

●○○

到了中五的時候，有傳言說，他跟另一個女生在一起了。

她不知道這到底是不是真的，因為那段日子，他們也開始變得較少交往。

那時候，她與鄰班的一個男生在一起。是對方先追求她的。她原本對那個男生沒有太多感覺，但是不知為何，她想藉著這個機會，去測試一些事情；於是她就和那個男生繼續發展，最後更變成真的在一起。

然後，如她自己所預期，他和她，就反而變得開始疏遠。即使大家明明是同班同學，他也不會主動找自己說話，或是像以前那樣對她說爛笑話。雖然他不會拒絕和她對話，但那種感覺就是跟以前不一樣，她知道他是有心逃避自己。

只是她意想不到，在自己與其他男生發展的時候，他也一樣與其他女生，傳起了流言；甚至是讓她真的看見，他與低一級的女生放學後一起逛街、去他們以前會去的咖啡店……

然後有一次，她忍不住打電話給他，跟他說：「聽說你最近緋聞不斷呢。」

「有嗎？傳得最多的緋聞，還不是我跟你。」他笑著亂說。

「別亂說了，我認真問的。」她心裡有點氣。

「對不起，我是不應該亂說。」他爽快地道歉，卻又這樣說：「畢竟現在你是有一個真正的男朋友了。」

她突然間不知道怎麼接話下去。

過了好一會，她抵受不了繼續沉默，於是又再開口問他：「你和那個女生在一起了嗎？」

「為什麼你這麼八卦啦？」他又笑。

「那是認真的嗎？」

「你覺得呢？」他反問，然後又說：「對不起，我有插撥，下次再跟你談吧，拜拜。」

然後他就這樣轉線了。

她一直等他轉線回來，但是等了半小時，他依然在跟另一邊通話，彷彿全不察覺自己仍然在線。

那時候，她才開始有點明白，她自己對他的感情。

即使她依然不能明白，他對自己有著怎樣的感覺。

但是，當她發現他有其他喜歡的人，她才能夠肯定，自己對他原來是有多少喜歡。原來喜歡的人並不能夠跟自己在一起，又會有多少心痛。

如果可以只是單純地去喜歡、去思念，是有多麼幸福；但自己喜歡與思念的人，也同樣在喜歡與思念自己，彼此的眼中就只有對方這一個人，原來是更加的幸福與幸運。

只可惜，自己是太遲才去察覺得到這一件事情。

事已至此，她也已經跟另一個人在一起了。自己還可以怎樣呢？

她叫自己不要再想得更多，不要再去執迷於，他那張笑臉背後的真正意思。

只是，她怎麼也預想不到，這卻是另一場痛苦的開始。

●○○

和 Thomas 最初在一起，她都能感受到，他對自己的體貼與無微不至。

他是一個頗有自己想法的男生，雖然未畢業，但就已經計畫好自己的將來，例如想報讀哪一間大學，將來要在哪個行業發展，甚至訂立了理想，要四十歲之前在中國揚名立萬、創建一番事業。

對她來說，Thomas 的成熟和遠見，都比同年齡的男生要吸引人。因此她也對將來充滿信心，還打算與他考上同一間大學，去一起經歷與體驗屬於他們兩人的人生與將來。

只是，到考大學的時候，Thomas 失手了，英文一科不及格，不能和她一起升讀大學。

他也沒有太灰心，先轉讀專上學院的副學士，盼再考到大學學位。她也支持他的選擇，與他繼續交往下去，並按照他們原本的計畫，兩人在大學附近租了一間房子，一邊上學一邊兼職，不用再花家人的錢，自給自足，也提早體驗同居生活。

但半年後，Thomas 卻在一次考試時作弊、被校方發現，結果換來被踢出校的後果。

自此之後，他就變得一蹶不振、意志消沉，沒有上學，也沒有去工作，性格也變得愛埋怨、愛遷怒別人。

她每次兼職完回到家裡，就只會見到他坐在沙發上打遊戲機、看漫畫，又甚至是在床上一直睡覺，連早餐午餐也懶得去吃。

有好幾次，她都軟言相勸，失敗乃成功之母，人生遇上一點挫折，不等於以後都不能夠名成利就。但是 Thomas 都聽不入耳，反而覺得她是在給他壓力。摩擦也因此而增多，兩人在家裡常常都會吵架，在街上就不時會變成冷戰。

而他的脾氣也越變越大，在家裡會對她呼喝或是亂丟東西，這讓她感到十分難受，有時甚至變得不想回家。

除此之外，財政上的重擔也教她透不過氣。Thomas 沒有上班工作，沒有收入，因此房租、水電費也是由她一個人負責，但問題是她本身兼職的收入並不太多，房租水電就已經幾乎耗盡她所有的錢。

她的家人也提議過，勸她不如搬回家裡住，她哥哥甚至還說，要替她向 Thomas 好好地「談一下」。只是她不想令 Thomas 想得太多或感到更多壓力，於是婉拒了他們的好意。

但她一個人再繼續支撐下去，也漸漸來到了極限。

然後開始會想，變得再差，也無所謂了。有沒有將來，又有什麼關係……

這時候，她卻收到了他的電話。

●○○

「我開了一家咖啡店，明天開張，你賞不賞臉來看看？」

已經有多久沒有聽過他的聲音？

自中五那一次的通電話之後，他們之間就沒有再聯絡。

雖然平時在學校內仍是能夠見面，但交談也是一句起、兩句止。即使自己偶爾是有多麼地掛念他，即使後來有人證實，那些流言就只是純屬流言，他最後還是沒有和任何人在一起。可是她都覺得已經與自己沒有關係了，又何必再惹起更多漣漪？

只是，他如今竟然主動致電給自己。

「怎樣？沒有時間嗎？」他追問。

「有，你的咖啡店在哪裡？」她笑答。

一問之下，才知道他的咖啡店就開在自己大學附近的一幢大廈內。第二天她按時前去，卻只見到他一個人在咖啡店，而且沒有其他客人。

「你來了嗎？」

他發現到她，開心地嚷。

「其他人呢？」她也讓自己展開笑臉，「怎麼只有我一個？」

「大概都失約了吧。」他邊說邊做個鬼臉，她知道他是在亂說的。他問她：「想喝什麼？」

「嗯……你真的懂得沖咖啡嗎？」

「你未免太小看我吧！凍檸茶我還是應付得來的。」他認真地說。

「我是問咖啡啊，不是問凍檸茶。」她苦笑。

「好，就沖凍咖啡給你吧。」他也不理會她同不同意，逕自到料理台準備。

她看了看咖啡店四周，地方雖然不算十分大，有些地方還未布置好，但整體的氣氛相當舒適，而且其中一面牆是由玻璃窗組成，可以看到九龍西半島的城市景觀、甚至是日落時的晚霞，會有一種讓人想逗留閒坐的感覺。

「為什麼會開咖啡店呢？」她看著窗外漸暗的天空，問他。

「一直都想開呀，難得又有錢，所以就付諸實行了。」

「開店應該要不少錢吧？」

「我中了六合彩二獎嘛，連我自己都不相信呢，平時都不會買六合彩，一買就竟然中了……」他嘩啦嘩啦地說。

「我不會信的。」她轉過頭看一看他，又問：「畢業後你都做過些什麼？」

「唔，做過兩份工，然後就開了這間咖啡店。」

「真不公平呢。」她嘆氣。

「怎麼不公平呢，你都升上大學了，是大學生啊。」

「現在一街都是大學生呢，先生。」

「你不喜歡讀大學嗎？」

「不是不喜歡。」

「那為什麼你會有怨言呢？」

她不知道如何回答了。

他將一杯調配好的凍咖啡放到她的面前，說：「小姐，開心一點吧，你是我的第一位客人呢。」

「這麼榮幸？」她心裡不免感動。

「所以，有什麼不快樂都好，讓自己暫時放下，歇一會、充充電，之後才再努力吧。」

「我看上去不快樂嗎？」她看著他，努力讓自己不要哭出來。

但是他就只是回望著她，沒有說一句話。

「你真壞。」

她笑著吐出這一句，淚水終於落了下來，但是她也沒有將淚水抹掉，拿起凍咖啡來喝了一口，然後忍不住皺眉，笑嚷：

「喂，這咖啡怎麼這樣甜？」

●○○

與他再次重遇後，她彷彿找回了，自己早已遺忘的勇氣與理想。

以前自己本來喜歡寫故事，但是跟 Thomas 在一起後，為了升大學、為了兼職，她幾乎都忘了自己曾經有過一個理想，就是成為一位能夠寫出感動人心故事的作者。

「寫啊，你寫完，我會看的。」他笑說，但雙眼卻看著自己的 iPhone。

「算了吧，每次你看完也不會正經地給我意見。」她莞爾。

「是嗎？我不記得了。」他頓了一下，又說：「如果你沒地方想故事，可以到這兒來啊。」

「一定，但你這咖啡店客人這麼少，我怕你會破產啊。」

「你少替我擔心好了。」

「……喂，你記不記得，我們第一次開始交談，是在什麼時候？」

「是中學一年級的時候嘛。」

「才不是呢。」她搖搖頭，凝看著他。

他也抬起了頭，眼神有點意外，說：「你記得？」

「記得，小學六年級的時候。」

「那時候我們不同班啊。」

「是呀，畢業那天，我跟你說再見，但那時候你不理睬我。」她的眼神有點落寞。

「我都不記得了。」他又再低下頭，繼續研究他的iPhone。

「喂。」

「唔？」

「為什麼你一直都不主動和我說話？」

「我現在不是在和你說話嗎？」

她吸了一口氣，緩緩的說：「為什麼你要一直逃避我呢？」

他又再抬起頭，認真地回望她。

過了一會，他這樣說：「我為什麼要逃避你呢，你是我最重視的朋友啊。」

●○○

只是朋友嗎？自己就只是他最重視的朋友？

有些人，從第一眼認識開始，你就會知道，自己以後會跟對方發展出怎樣的關係。

她曾經以為，和他這個人，最多就只會是朋友關係。

然後隨著接觸多了，對他的認識漸深，她開始對他有一點截然不同的感覺，那是一種接近愛情的好感，但又並不是想跟這個人在一起的那種心跳。

她一直都分不清楚自己的這一種感覺。以前她會歸咎於他這個人總是不認真的態度，他沒有對人真正交心，讓她分不清楚自己是想要執著得到他的認真、還是其實真的喜歡他。

但這次與他重遇，他在自己最失意的時候竟然會找回自己，她對他有的是感謝之情，但對他又算不算得上是喜歡呢？反而似乎變得不那麼重要了。自己其實是想要他的在意吧，卻未必等於想得到他的喜歡，也並不就是等於喜歡他這個人。

又例如她跟 Thomas，她是希望能夠和他建立一個理想的將來，她喜歡的，是那一個表現得成熟、上進、有理想的他。但是當脫去了這些表皮，自己實際上又有多喜歡Thomas？

吵架、冷戰、彼此無法改變的缺點、不能修補的傷疤痛楚，是每對情侶間總會經歷過的無奈與遺憾，並不等於可以因為這些小節，而完全否定了整段感情。然而當撇開這些，如果單純地回看 Thomas 這個人，自己是真的好喜歡他嗎？有沒有喜歡到，即使他變得更壞更差，都不會放棄他的程度？有沒有喜歡到，即使大家一起沉淪，也會開懷地笑著不介意，然後繼續為了他而義無反顧？

回看之前的苦苦堅持，她忽然明白，其實自己只是不甘心認輸而已。

如果真的很喜歡這個人，也許這段戀愛還是一樣會捱得很苦，不過至少自己還會記得去笑，去珍惜與他在一起的每分每秒。

但她要直到現在，才懂得再次記起自己如何去笑，應該要笑著走下去。

其實從第一眼開始，她就應該知道，自己以後會跟他發展出怎樣的關係。

只是想不到，自己竟然花了數年時間，去和一個不應該發展的人在一起，去證明自己的想法是錯還是對。

想到這裡，她又看著眼前還埋首於 iPhonc 的那個他。

自己也竟然直到現在才知道，原來自己只是執迷於要得到他的在意，而不是希望要得到他給予自己愛情的喜歡。

幸好走了一圈，如今彼此仍然可以留在對方身邊。

幸好。

●○○

一年後，她終於和 Thomas 和平分手，搬離那一個家，回去和母親一起生活。

之後，她畢業了，找到一份在劇團做文職的工作。每星期有兩個晚上，她會去上關於編劇的課程，繼續朝她的理想一步一步邁進。

偶爾，她會約他吃晚飯，或是到他的咖啡店閒坐。他的店裡請了兩個懂得沖咖啡的男生，替他挽回不少顧客、避免咖啡店倒閉的危機。平時她也喜歡聽那兩個男生各自的感情故事，打算將來用來作為小說題材，然後又總會被在一旁八卦偷聽的他，取笑自己那麼八卦。

她有時又會問他，到底那次是怎樣從貞子眼的門前找回她的錢包。他總是搬出一堆一聽便知道是亂編的故事，例如是從躲在暗角裡的警察手中幾經辛苦搶回來的，又或是貞子眼原來是一個慈母，但又會用木棍追打想撿回錢包的他……

她都分不清當中有幾多是真實了。

但是她還是很珍惜與他相處的這些時光，因為他是如此地了解自己，在他的身邊，感覺是那麼溫暖舒適。

如果可以的話，多想這些日子可以一直延續下去，甚至到老白頭。

然後，有一天他忽然致電給她，說：「我找到李家明了。」

「……真的嗎？」

「真的。」他頓了一下，又說：「你想知道在哪裡可以遇見他嗎？」

她默默想了一會，回他：「想。」

「他在紅磡蕪湖街的一間 7-11 裡當夜班。」

紅磡，雖然就是在土瓜灣的毗鄰，但以前他們一直都沒有去過這個地區。

「好啦，你去找他吧。」他繼續說。

「你不去嗎？」

「不去了，而且我也沒有跟他打招呼，總覺得怪怪的。」

「你竟然怕尷尬！」她取笑。

「你就當是這樣吧，嘿嘿。」

「好吧，那我就自己去。」

「嗯。」

「陳開心，謝謝你呢！」她開心地笑道。

「曹巧兒，你好煩。」

然後，他們掛線了。

他看出窗外，夕陽餘暉把天空染得火紅，遠處的雲彩卻已變成了紫霞，然後又一點一點消失於夜幕的黑暗之中。

咖啡店的 CD 播放機響起了經典的飛機引擎聲，那是他最喜歡的一首歌。

· *Hidden Track* ·

◀◀ ▶ ■ ॥ ▶▶

「喂，陳開心到底是不是喜歡曹巧兒？」

書本出版後的第一天，她就打電話來問我這一個問題。

「小姐，現在是什麼時候了？」

我看看時鐘，七月十日，已經過了凌晨零時，怎麼她還不去睡覺？

「都怪你，寫了這本書卻留下這麼多謎題，想要人猜到白頭嗎？」

「我寫了這麼長時間，但你這麼快就看完，我真的覺得很安慰呢。」我苦笑。

「你別帶開話題，首先回答我，陳開心是不是也喜歡曹巧兒？」

「為什麼你會用『也』呢……你覺得曹巧兒也是喜歡陳開心嗎？」

「怎麼變成你反問我啊。」

「想聽聽你做為編劇的專業意見嘛。」

「……我覺得，她是喜歡陳開心的。」

「是嗎，為什麼？」

「沒有原因，我覺得，她只是並不真正了解自己而已。」

「也許是這樣吧。」我呼了口氣。

「你身為作者，連你自己也不肯定嗎？」她失笑了一下。

「作者已死。」說完，我也笑了。

「但我覺得你應該有義務讓我知道，陳開心到底是不是喜歡曹巧兒。」

「為什麼你有知道的權利？」

「你裡面的情節抄襲了我的生活啊！」

「怎算抄襲啊，那只是參考、再創作而已。」我心裡暗笑。

「……你強詞奪理呢。」

「是啦、是啦，對不起，是我不對。」

「我不要你道歉，我只要你回答我問題。」她頓了一下，又再問：「陳開心到底是不是喜歡曹巧兒？」

「可不可以不問這個呢？」我苦笑一下。

「……那，雪莉最後有沒有跟阿良在一起？」

「有吧。」

「Julia 最後平安無事吧？」

「你認為呢？」

「我希望她沒事。」

「那就如你所願吧。」

「陳開心到底是不是喜歡曹巧兒？」

「我都說不答這一個……」

「劉子仁最後有去見 Crystal 嗎？」

「如果他們見面，未免會太悲傷吧。」

「但如果不見呢，也是一樣傷感呀。」

「我知道……唉，是我寫得不好。」

「可是我喜歡那個結尾和那些暗號。」

「你最喜歡猜暗號嘛……」

「那麼陳開心……」

我打斷她：「我都說過不會答了。」

「我是想問，陳開心最後聽到的那首歌，是不是周杰倫的歌？」

「……」

「你不答，我也猜到的。」她笑道。

「小姐，早點睡吧。」我又嘆了口氣。「你兩天後不是要準備嫁人了嗎？」

「是的……只是昨晚在書店見到你的新書，買回來看完後，反而睡不著了。」

「原本我是打算遲些寄一本給你的。」

「咦，是這樣嗎？你真好。」她開心地嚷，又說：「其實你早就從出版社收到書了吧，怎麼不早點寄給我？」

「你在忙結婚嘛。」

「嗯……這樣也好，謝謝你。」

「唔。」

「好啦，我去睡了。」她這樣說，突然又問：「後天你會來觀禮嗎？」

「不會了，但晚上婚宴我會來。」

「嗯，真可惜……」

「算吧，婚宴時也會播放你的婚紗照吧。」

「哈哈，你又知道我想說什麼。」

「哼。」

「喂。」

「又怎樣？」

「我還是想知道呢。」

「你還是早點睡吧。」

「……衰人。」

「拜拜。」

「拜拜。」

我放下手機，螢幕仍然顯示著她的照片，那曾經是我最喜歡的一張笑臉。

後天，這張笑臉會完全屬於另一個人。

但願她會永遠開心幸福，就好。

· *Last Hidden Track* ·

七月十五日，她的手機收到了這一個短訊。

「3ub2bm」

國家圖書館出版品預行編目資料

十二首歌【特別珍藏版】/ Middle 著. -- 初版. -- 臺北市：皇冠, 2021. 04
面；公分. --（皇冠叢書；第4925種）(Middle 作品集；1)
ISBN 978-957-33-3696-9（平裝）

857.63　　110003606

皇冠叢書第 4925 種
Middle 作品集 1

十二首歌【特別珍藏版】

作　　者—Middle
發 行 人—平雲
出版發行—皇冠文化出版有限公司
臺北市敦化北路 120 巷 50 號
電話◎ 02-27168888
郵撥帳號◎ 15261516 號
皇冠出版社（香港）有限公司
香港銅鑼灣道 180 號百樂商業中心
19 字樓 1903 室
電話◎ 2529-1778　傳真◎ 2527-0904
總 編 輯—許婷婷
責任編輯—蔡維鋼
美術設計—嚴昱琳
著作完成日期— 2020 年 12 月
二版一刷日期— 2021 年 04 月
二版二刷日期— 2021 年 04 月
法律顧問—王惠光律師

讀者服務傳真專線◎ 02-27150507
電腦編號◎ 558101
ISBN ◎ 978-957-33-3696-9
Printed in Taiwan
本書定價◎新臺幣 320 元 / 港幣 107 元